KB200905

어른이 된 우리가 꼭 만나야 할 마음속 주인공

나
인사이드 아웃 보고
울었잖아

어른이 된 우리가 꼭 만나야 할 마음속 주인공

나
인사이드 아웃 보고
울었잖아

이지상 지음

당신의 꿈, 열정, 두려움, 그리고 사랑을 모두 간직하고 있는 내면아이

북서퍼

기쁨아, 라일리가 널 부르고 있어.

Joy, Riley wants you.

-인사이드 아웃2 중에서-

시작하며

"지금 무슨 생각을 하고 있나요?"

이 질문을 받았을 때, 대부분의 사람들은 잠시 멈칫한다. 우리는 매일 수많은 생각을 하지만 정작 그 생각들을 제대로 인식하지 못하는 경우가 많다. 끊임없이 흐르는 강물처럼 우리의 마음속에서는 생각과 감정이 쉴 없이 흘러간다. 우리는 그 흐름을 멈추고 자세히 들여다보는 법을 잘 모른다.

잠시 눈을 감고 깊게 숨을 들이쉬어 보자. 그리고 천천히 내쉬면서 자신의 마음속으로 들어가 보는 것이다. 무엇이 보이는가? 기쁨? 슬픔? 분노? 아니면 평온함? 혹시 아무것도 느껴지지 않는가?

이 책을 쓰게 된 계기는 다소 특별하다. 얼마 전, 나는 우연히 '인사이드 아웃2'라는 애니메이션 영화를 보게 되었다. 처음에는 그저 재미있는 영화라고만 생각했다. 그런데 영화가 끝날 무렵 깊은 감동과 함께 큰 깨달음을 얻었다.

영화 속 주인공 소녀의 마음속에서 일어나는 감정들의 모험. 그것은 그저 상상의 세계가 아니었다. 우리 모두의 마음속에서 매일 같이 벌어지고 있는 현실이었다. 그리고 나는 문득 이런 생각이 들었다.

"우리는 왜 자신의 마음을 이해하는 데 이토록 서툴까?"

그 순간부터 나는 깊은 탐구의 여정을 시작했다. 동서고금을 막론한 마음에 대한 갖가지 이야기와 이론을 접했으며, 무엇보다 내 자신의 마음을 깊이 들여다보기 시작했다. 그리고 마침내 한 가지 사실을 깨달았다.

우리의 마음은 우리가 생각하는 것보다 훨씬 더 복잡하고, 아름답고, 강력하다. 동시에 우리의 마음은 매우 연약하고 상처받기 쉽다. 그래서 우리는 종종 자신의 마음으로부터 도망치려 한다. 고통스러운 감정을 피하고, 불편한 생각들을 억누르려 한다. 그렇게 할수록 우리는 점점 더 자신의 본질로부터 멀어지게 된다.

자신의 마음을 이해하고 싶지만 방법을 모르는 사람들, 내면의 소리에 귀 기울이고 싶지만 두려운 사람들, 그리고 더 행복하고 의미 있는 삶을 살고 싶은 사람들을 위해 이 책을 썼다.

이 책을 통해 자신의 마음과 진정한 친구가 되는 법을 배우게 될 것이다. 그 과정은 힘들고 혼란스러울 수 있지만 가장 아름답고 보람찬 여정이 될 것이다.

이제부터 나는 독자들과 함께 마음의 세계로 모험을 떠나려 한다. 그 길에서 우리는 다음과 같은 질문들을 만나게 될 것이다.

우리의 감정은 어디에서 오는 걸까?
왜 우리는 때때로 자신의 행동을 이해할 수 없을까?
어떻게 하면 부정적인 생각의 패턴을 바꿀 수 있을까?
진정한 행복은 무엇이며, 어떻게 그것을 찾을 수 있을까?
우리의 마음은 어떻게 세상을 인식하고 해석할까?

우리 모두가 이미 자신의 마음속에 모든 답을 가지고 있다. 다만 그것을 듣는 방법을 잊어버렸을 뿐이다. 이 책은 그 잊어버린 언어를 다시 배우도록 도와줄 것이다. 그리고 그 언어를 통해 자신과, 그리고 세상과 더 깊이 소통할 수 있게 될 것이다.

잠시 눈을 감고 깊게 숨을 들이쉬라. 그리고 천천히 내쉬면서 이렇게 말해보라.

"나는 나의 마음과 친구가 되기로 한다."

이 한마디로, 삶을 변화시킬 모험이 시작된다.

이제 첫발을 내디딜 준비가 되었는가?

차례

누구나 동굴이 필요하다

우리에겐 동굴이 필요하다. 아늑하고 조용하며 안전한 공
간. 그 공간은 집일 수도, 방일 수도, 혼자만 알고 있는 장소
일 수 있다. 이른 시간의 공원이 될 수도 있다. 사람들이 없
는 오직 나만 존재하는 공간이 우리에겐 필요하다.

이 동굴은 물리적 공간을 넘어선다. 그것은 내면세계로
들어가는 입구다. 영화 '인사이드 아웃'에서 라일리의 감정
본부처럼, 동굴은 내면의 다양한 감정들이 모여 나누는 대
화에 귀 기울일 수 있는 장소다.

이곳에서 기쁨, 슬픔, 분노, 두려움, 불안 등 모든 감정과
마주한다. 이들이 충돌하고 때로는 조화를 이루며 내면을

형성한다. 흔히 부정적이라 여기는 감정들도 이 공간에서는 중요한 역할을 한다. 분노는 우리가 스스로를 지킬 수 있게 도와주고, 두려움은 위험에서 벗어날 수 있도록 보호해 준다.

동굴 속에서 이 모든 감정들을 관찰하고 듣고 이해하려 노력해야 한다. 이는 쉬운 일이 아니다. 가끔 원치 않는 부분들, 실수와 결점, 숨기고 싶은 어두운 면들과 마주해야 할 때도 있다. 하지만 이 과정은 필수적이다.

동굴에서의 시간은 우리를 성장시킨다. 점차 자신의 감정을 이해하고 그들의 목소리에 귀 기울이는 법을 배운다. 기쁨과 슬픔, 성공과 실패, 강점과 약점 모두 나의 일부임을 깨닫는다. 이렇게 조금씩 자신을 더 깊이 이해하게 된다.

아프리카 어느 부족은 우울증에 걸리면 다음 네 가지를 묻는다고 한다.

"마지막으로 노래한 것이 언제인가?"

"마지막으로 춤춘 것은 언제인가?"

"마지막으로 자신의 이야기를 한 것이 언제인가?"

"마지막으로 고요히 앉아 있었던 것은 언제인가?"

이 질문들은 간단해 보이지만, 내면세계와 깊은 연관이 있다. '인사이드 아웃'의 감정 캐릭터들처럼 내면에는 다양한 목소리들이 존재한다. 노래하고 춤추는 것은 우리 안의 '기쁨'이 표현되는 방식이다. 이야기를 하는 것은 '슬픔'이나 '두려움', 때로는 '분노'가 자신을 드러내는 방법이다. 그리고 고요히 앉아있는 것은 이 모든 감정들을 받아들이는 시간이다.

우리는 이 네 가지를 잊고 산다. 바쁜 일상 속에서 노래하고 춤추는 것을 어리석게 여기거나, 이야기를 하는 것을 부끄러워한다. 앉아있는 시간은 낭비라고 생각하기도 한다. 하지만 이는 내면세계를 무시하는 것과 같다.

노래와 춤은 우리의 기쁨과 연결되는 통로다. 슬픔이나 분노조차도 노래와 춤으로 표현될 수 있다. 감정들이 서로 대화하고 조화를 이루는 방법이다. 자신의 이야기를 하는 것은 내면의 모든 목소리들이 들리게 하는 일이다. 부정하고 싶은 부분들, 실수와 약점들까지도 이야기 속에서 드러나고 받아들여진다.

고요히 앉아있는 시간, 그것은 동굴로 들어가는 순간이다. 이 시간 동안 우리는 감정을 이해하려 노력한다. 기쁨과 슬픔, 분노와 두려움, 혐오까지도 모두 자신의 일부임을 인정하는 시간이다.

이 네 가지 질문은 얼마나 자주 감정들을 표현하고 있는지, 얼마나 자주 그들의 목소리를 듣고 있는지 생각해보게 한다. 만약 오랫동안 이 중 어느 하나도 하지 않았다면 나 자신으로부터 멀어져 있다는 신호일 수 있다.

우울증은 때로 자신을 무시하거나 억압할 때 찾아온다. 어떤 감정들이 너무 오랫동안 목소리를 내지 못했을 때, 그들은 우울함이라는 형태로 스스로를 표현하기 시작한다. 그래서 노래하고, 춤추고, 이야기하고, 고요히 있는 것이 중요하다. 감정들이 균형을 이루고 조화롭게 공존할 수 있게 해주는 방법이다.

모두에게는 이런 시간이 필요하다. 노래하고 춤추고 이야기하고 고요히 있을 수 있는 공간. 그곳이 바로 동굴이다. 이 동굴에서 모든 감정들과 만나고, 그들의 목소리를 듣고, 그들과 함께 춤춘다. 이를 통해 온전한 자아로 성장해 나간다.

버지니아 울프는 1929년에 발표한 에세이에서 "창작을 하는 여성에게는 돈과 자기만의 방이 있어야 한다"라고 주장했다. 여기서 '자기만의 방'은 물리적 공간 이상을 의미한다. 그것은 창의성을 발휘하고, 생각을 자유롭게 표현할 수 있는 정신적인 공간을 상징한다.

울프는 당시 여성들이 가사 노동과 사회적 제약으로 인해 자신만의 시간과 공간을 갖기 어려웠던 상황을 지적했다. 그녀는 이러한 개인적 공간의 부재가 여성들의 창의성과 자아실현을 방해한다고 보았다.

이 이야기는 '인사이드 아웃'의 관점과 연결된다. 영화에서 라일리의 감정들이 '본부'라는 공간에서 활동하듯이, 우리에게는 내면세계를 탐험하고, 감정과 생각을 자유롭게 표현할 수 있는 '자기만의 방'이 필요하다.

울프의 주장은 여성 작가들에게만 국한되지 않는다. 모든 사람에게 적용될 수 있는 보편적인 메시지를 담고 있다. 우리에게는 자신을 돌아보고 내면의 목소리를 들을 수 있는 시간과 공간이 필요하다.

이 '자기만의 방'은 반드시 물리적인 공간일 필요는 없다. 명상의 시간일 수도 있고, 산책하는 순간일 수도 있다. 중요한 것은 그 공간에서 자신과 진실되게 마주할 수 있다는 점이다.

1845년, 미국의 작가이자 철학자인 헨리 데이비드 소로는 매사추세츠주의 월든 호숫가에 작은 오두막을 짓고 2년 2개월 동안 홀로 살았다. 이 경험을 바탕으로 그는 "월든"이라는 책을 썼다.

소로의 이 실험은 가만히 자연 속에서 사는 것이 아니라,

자신만의 공간에서 깊은 성찰과 자아 발견을 하는 것이었다. 그는 이 '동굴' 같은 오두막에서 사회의 소음에서 벗어나 내면을 탐구했다. 소로는 이 경험을 통해 "대부분 사람은 조용한 절망 속에서 살아간다"라고 깨달았다. 그는 사람들이 자신의 욕구나 감정을 이해하지 못한 채 살아간다고 보았다.

'인사이드 아웃'의 메시지와 연결된다. 영화에서 라일리가 감정들을 이해하고 조화를 이루어가는 것처럼, 소로는 자신의 공간에서 내면의 목소리를 듣고 이해하려 노력했다.

우리가 소로처럼 2년간 숲속에서 살 수는 없겠지만, 그의 이야기는 자신만의 공간과 시간을 만드는 것의 중요성을 알려준다.

그러나 현대 일본에서는 좀 다른 현상이 발생하고 있다. '히키코모리'는 '은둔'을 뜻하며, 사회적 관계를 끊고 방이나 집에 장기간 칩거하는 사람들을 일컫는 말이다. 이 현상은 1990년대 후반부터 일본 사회에서 주목받기 시작했다.

히키코모리는 사회적 압박, 기대, 경쟁에서 벗어나 내면의 목소리를 듣고자 하는 욕구를 가지고 있다. 라일리가 혼란스러운 상황에서 감정들과 대면하고 이해하려 노력하는 과정과 유사하다.

히키코모리들의 '방'은 그들에게 있어 하나의 '동굴'이 된다. 그곳에서 그들은 감정, 생각, 욕구와 마주하게 된다. 때로는 두려움, 분노, 슬픔과 같은 부정적인 감정들과 대면해야 할 수도 있다.

이 현상 자체를 긍정적으로만 볼 수는 없다. 극단적인 사회적 고립은 개인의 성장과 발전을 저해할 수 있기 때문이다. 그러나 이 현상은 현대 사회에서 '자신만의 공간'의 필요성에 대해 생각해보게 한다.

우리 모두에게는 때때로 사회로부터 물러나 자신을 돌아볼 수 있는 시간과 공간이 필요하다. 그러나 동시에 그 공간에서만 머물러 있는 것이 아닌, 그곳에서의 경험을 바탕으로 다시 세상으로 나아갈 수 있어야 한다.

히키코모리는 '동굴'의 양면성을 보여준다. 그것은 자아 성찰과 내면의 성장을 위한 중요한 공간이 될 수 있지만, 동시에 그곳에 너무 오래 머물러 있으면 세상과의 연결을 잃을 수 있다는 것을 알려준다.

모든 감정은 중요하고 그것들을 이해하고 받아들이는 과정이 필요하다. 하지만 궁극적으로는 이러한 이해를 바탕으로 세상과 소통하고 관계를 맺어가는 것이 필요하다.

동굴은 "나오기 위해 들어가는 곳"이다. 라일리가 감정들을 이해하고 받아들이는 과정을 거친 후에 성숙해진 모습으로 현실 세계와 마주하는 것처럼, 자기만의 공간에서의 경험을 통해 얻은 통찰력과 성장을 가지고 다시 세상으로 나아가야 한다.

건강한 삶은 '동굴'에 들어가는 시간과 세상과 소통하는 시간 사이의 균형을 찾는 것에 있다고 할 수 있다. 내면세계와 외부 세계 사이의 조화로운 관계를 만들어가는 여정이다.

어려움들

사람이 끊임없이 욕망을 좇고 바쁘게 살아가는 이유 중 하나는 자신과 마주하는 것을 피하기 위해서다. 우리는 외부의 자극과 활동으로 내면의 목소리를 덮어버리려 한다. 스마트폰을 쉬지 않고 확인하고, 소셜미디어에 몰두하고, 일에 과도하게 매진하는 것도 이러한 맥락에서 볼 수 있다.

혼자 있는 것이 두려운 이유는 다양하다. 내면과 마주했을 때 발견하게 될 불편한 진실들, 해결되지 않은 감정들, 그리고 자신의 존재 의미에 대한 의문 등이 그 원인이 될 수 있다.

현대 사회는 '외로움'을 부정적인 것으로 인식하게 만든다. 소셜미디어는 항상 연결되어 있어야 한다는 압박을 준다. 이로 인해 많은 사람이 혼자 있는 시간을 견디기 힘들어하고, 그것을 피하려고 계속해서 끊임없이 외부의 자극을 찾게 된다.

하지만 진정으로 필요한 것은 바로 이 '혼자 있는 시간'일 수 있다. 내면과 마주하고, 감정들을 인정하고 받아들이는 것이 성장과 치유의 시작점이 될 수 있기 때문이다.

우리는 불편한 감정이나 생각을 피하고자, 또는 습관적으로 이러한 디지털 도구들에 의존하게 되었다. 그 결과 내면과 진정으로 마주할 기회를 빼앗고 있다. 우리가 이 상황을 만들었다는 것을 깨달았다면, 스스로 이를 변화시킬 수 있다.

하루에 몇 분이라도 의도적으로 모든 디지털 기기를 끄고 자신과 마주하는 시간을 가져보는 것. 처음에는 불편하고 어색할 수 있지만, 점차 이 시간이 귀중한 자아 성찰의 기회가 될 수 있다. 또는 산책하면서 의도적으로 휴대전화를 두고 나오는 것도 좋은 방법이다. 이를 통해 주변 환경과 내면에 집중할 수 있게 된다.

중요한 것은 선택할 수 있다는 점이다. 끊임없는 연결과 자극의 흐름 속에서 살아갈 수도 있고, 때로는 의도적으로 그 흐름을 끊고 자신만의 시간을 가질 수도 있다.

우리에겐 동굴이 필요하다. 그곳에서 내면세계를 탐험하고, 모든 면을 받아들이며, 진정한 자아를 발견한다. 이 과정을 통해 의미 있는 삶을 살아갈 수 있다. 동굴에서의 시간은 소중한 선물이 될 것이다.

내 안의 어린 왕자

우리의 마음에는 작은 아이가 살고 있다. 그것을 내면 아이라고 부르기도 하고, 마음이라고 부르기도 하고, 감정이라고 부르기도 하지만, 분명한 건 인사이드 아웃처럼 영원히 나이를 먹지 않는 작고 여린 어린 왕자 같은 아이가 존재한다는 것이다. 상징이나 비유가 아닌, 진짜로 존재하는.

이 내면의 아이는 가장 순수한 본질이자, 때로는 가장 취약한 부분이기도 하다. 그 아이는 우리의 모든 감정을 담고 있다. 인사이드 아웃의 감정 캐릭터들처럼, 마음속에서 끊임없이 활동하며 우리의 행동과 결정에 영향을 미친다.

하지만 많은 사람은 이 내면의 아이를 무시하고 억압하려

한다. 우리는 "어른스러워야 한다"라는 사회적 압박 속에서 감정을 숨기고, 이성적이고 냉철해야 한다고 믿는다. 그러나 우리를 온전한 인간으로 성장하지 못하게 막는 걸림돌이 될 수 있다.

마음을 이해하지 못하면 평생 방황하게 된다. 자신의 욕구와 감정을 인식하지 못한 채 살아가는 것은 나침반 없이 바다를 항해하는 것과 같다. 목적지도 없이 끊임없이 표류하게 되는 것이다.

목적지에 도착해서도 방황하게 된다.

자신이 진정 원하던 것이 아니기 때문이다.

내면의 아이를 인정하는 일은 어릴 적 단짝 친구를 다시 만나는 것과 같다. 처음에는 어색하고 불편할 수 있지만, 점차 그 존재의 소중함을 깨닫게 된다. 그 아이와 대화를 나누고, 그의 필요와 욕구를 이해하며, 때로는 위로하고 때로는 함께 웃을 수 있게 된다. 세상을 바라보는 방식, 타인과 관계 맺는 방식, 그리고 삶의 도전에 대처하는 방식을 근본적으로 변화시킨다. 자신의 감정에 솔직해지고, 타인의 감정에 공감할 수 있게 된다.

보이지 않는 것을 인정하라는 것은 어려운 일이다.

허황되고 믿을 수 없는 일처럼 들릴 수 있다. 현대인은 증거와 숫자에 민감하며 통계를 신봉한다. 이러한 것들이 현대의 신이 아닌가 싶다. 숫자와 증거가 눈앞에 보여지면 힘없이 무너지며 그걸 진실로 믿는다. 거꾸로 말하자면, 눈앞에 보일 수 있다면 거짓도 진실이 된다. 하지만 아쉽게도 정말 중요한 것들은 증명하기 쉽지 않다.

사랑, 행복, 신념, 그리고 내면세계는 눈에 보이지 않는다. 이들은 숫자로 환산할 수 없고, 과학적 실험으로 딱히 증명할 수도 없다. 그럼에도 불구하고 이들은 삶에서 가장 소중한 요소들이다. 바람이 보이지 않지만, 그 존재를 부정할 수 없듯이 내면세계도 그러하다.

인사이드 아웃의 세계관은 이런 점에서 중요한 메시지를 전달한다. 영화 속 감정 캐릭터들은 눈에 보이지 않지만, 분명히 존재하며 우리의 행동에 큰 영향을 미친다. 우리 마음 속에 내면의 아이와 다양한 감정들이 실제로 존재한다는 것을 상징적으로 보여준다.

내면세계를 인정하고 받아들이는 것은 추상적인 개념을 받아들이는 것이 아니다. 자신의 본질적인 부분을 인정하고 존중하는 것이다. 느끼는 감정, 직관, 내적 목소리—이 모든 것들이 우리를 구성하는 핵심 요소이기 때문이다.

인간은 느끼는 동물이다

사람들은 이성과 논리를 중시하는 경향이 있다. 그러나 인간은 이성적인 존재만은 아니다. 감정적이고 직관적인 존재에 가깝다. 감정과 직관을 무시하고 순수한 이성만으로 살아가려 한다면, 자신의 소중한 부분을 잃어버리게 될 것이다.

보이지 않는 내면세계를 인정하는 것은 타인을 이해하는 데에도 도움을 준다. 모두가 복잡한 내면을 가지고 있다는 것을 인식하면, 타인의 행동과 감정에 대해 더 큰 이해와 공감을 할 수 있게 된다. 사회를 따뜻하고 포용적인 곳으로 만드는데 기여할 수 있다.

나는 처음에 내면 아이라는 말을 들었을 때 어렵게만 생각했다. 하지만 인사이드 아웃을 보며, 저 캐릭터들의 모습이 바로 살아 있는 마음속 내면 아이를 형상화했다는 것을 알았다.

때로는 기쁨이 들뜨게 하고, 때로는 슬픔이 아득한 생각에 잠기게 한다. 분노는 우리를 움직이게 하고, 두려움은 멈추게 한다. 혐오감은 보호하려 하고, 사랑은 따뜻하게 감싼다. 이 감정들이 안에서 끊임없이 대화하고 다투고 협력한다.

이 내면의 아이들, 즉 감정들은 경험과 기억을 통해 형성되고 성장한다. 그들은 과거를 간직하고 있으며, 동시에 현재를 만들어가고 있다. 그들은 우리가 누구인지, 무엇을 원하는지, 무엇을 두려워하는지를 알려주는 중요한 안내자들이다.

인사이드 아웃의 세계관은 이러한 내면의 복잡성을 아름답게 표현한다. 영화 속 라일리의 감정들이 서로 다투고 협력하는 모습은 우리 내면의 모습과 놀랍도록 닮아있다. 우리도 때때로 내면의 여러 목소리 사이에서 갈등하고, 어떤 목소리를 들어야 할지 고민한다.

내면 아이를 인정하고 사랑하는 것은 삶에서 가장 중요하고 가치 있는 일 중 하나다. 우리를 자기 이해와 성장으로 이끌며, 궁극적으로 행복하고 충만한 삶으로 인도한다.

영화가 끝나갈 무렵, 나는 왜 이렇게 눈물이 나는지도 모르겠는데 훌쩍이고 있었다. 이상하리만치 눈물이 쏟아졌다. 생각할수록 더욱 눈물이 흘러내렸다. 로미오와 줄리엣. 타이타닉의 절절한 이별의 스토리도 아니었다. 나만 홀로 영화가 끝난 자리에서 상상의 친구들과 울음바다가 되어버렸다.

이때의 경험이 책을 쓰게 만들었다.

영화의 마지막 불안이가 완전한 패닉에 빠져버리고, 온갖 기억 구슬들이 밀려와 라일리의 마음은 혼란으로 폭발해 버릴 것처럼 위태로운 순간이었다. 그 순간 기쁨이를 시작으로 모든 감정들이 라일리의 마음 나무를 끌어안을 때 감정이 격렬히 반응했다.

모든 감정이 라일리를 안아주는 장면은, 아버지를 잃은 내 마음을 위로하던 때를 떠올리게 했다. 고백하자면, 오, 그래, 저건 나의 모습이었다. 평소의 내가 힘든 나를 위해 해주던 그 모습 그대로였다. 이 깨달음은 오랫동안 흐릿했던 거울이 갑자기 선명해진 것 같은 느낌을 주었다. 처음으로 내면 아이와의 대화를 시각적으로 경험한 것 같았다.

나는 슬픔에 휩싸여 있을 때, 나의 모든 순간들을 저렇게 감싸안고 있었다. 매 순간, 매일 밤, 모든 힘든 순간들을 그렇게 안아 줬었다. 그 감정들을 눈앞에서 보니 마음속의 모든 장벽이 무너진 기분이었다. 슬픈 이야기도 아닌데, 마음이 공명해서 눈물을 이렇게 쉴 새 없이 흘리다니.

나의 마음이 완벽한 공명을 이루며 떨리고 있었다.

아버지를 잃고 느꼈던 깊은 슬픔, 그 슬픔을 혼자 감당해야 했던 외로움, 그럼에도 불구하고 나를 지탱해 준 작은 기쁨들. 이 모든 것이 한꺼번에 밀려와 나를 감싸안았다.

우리 모두의 내면에는 그런 아이가 존재한다.

내면 아이

내면 아이 개념은 심리학 분야에서 발전했다. 칼 융(Carl Jung)과 같은 심리학자들이 인간의 무의식과 내적 세계를 연구하면서 이 개념이 형성되기 시작했다. 그들은 우리 안에 어린 시절의 경험, 감정, 욕구를 간직하고 있는 부분이 있다는 것을 발견했다.

이 개념은 시간이 지나면서 더욱 발전하고 정교화되었다. 특히 트라우마 치료와 자기 성장 분야에서 중요하게 다뤄졌다. 내면 아이를 인식하고 치유하는 것이 정서적 안정과 개인의 성장에 중요한 역할을 한다는 것이 밝혀졌기 때문이다.

내면 아이가 실제로 존재한다고 믿는 이유는 많은 사람이 그 존재를 경험하고 느끼기 때문이다. 때로는 우리가 예상치 못한 반응을 보이거나, 이해할 수 없는 감정에 휩싸일 때가 있다. 이런 순간들이 바로 내면 아이가 표현되는 때라고 볼 수 있다.

인사이드 아웃이 큰 울림을 주는 이유도 여기에 있다. 영화는 내면의 감정들을 캐릭터로 형상화함으로써, 우리가 평소에 인식하지 못하던 내면의 목소리들을 시각화했다. 많은 사람에게 내면 아이를 인식하고 이해하는 계기가 되었다.

내면 아이를 실질적으로 비유하자면, 마음속에 있는 작은 제어실을 상상해볼 수 있다. 이 제어실에는 여러 감정이 버튼과 레버를 조작하고 있다. 인사이드 아웃에서 본 것과 비슷하다.

직장에서 상사가 갑자기 큰 소리로 지적할 때를 생각해보자. 겉으로는 침착하게 대응하려 하지만, 내면의 제어실에서는 여러 일들이 벌어진다. '두려움'이 경보 버튼을 누르고, '분노'가 레버를 당기려 한다. 그리고 그 한쪽에는 어린 시절의 우리, 즉 내면 아이가 있다.

이 내면 아이는 과거에 비슷한 상황에서 느꼈던 감정들을 기억하고 있다. 어쩌면 학창 시절 선생님께 꾸중을 들었을 때의 두려움과 수치심일 수도 있다. 그래서 현재 상황에서도 비슷한 감정을 느끼게 만든다.

또 다른 예로, 누군가와 친밀한 관계를 맺으려 할 때를 들 수 있다. 표면적으로는 관계를 원하지만, 막상 가까워지려 하면 이상하게 거리를 두게 되는 경우가 있다. 이때 내면 아이는 앞서 경험한 상처나 버림받은 기억 때문에 두려워하고 있을 수 있다.

이런 상황에서 내면 아이를 보살피는 것은 그 제어실에 들어가 어린 자신을 안아주는 것과 같다. "괜찮아, 이제는 안전해. 우리가 함께 잘 해결해 나갈 수 있어"라고 말해주는 것이다. 이렇게 함으로써 과거의 상처에서 벗어나 현재 상황에 적절하게 대응할 수 있게 된다. 내면 아이와 가까워지는 일은 이처럼 어린 자아를 인식하고, 그의 필요를 이해하며, 현재의 내가 그 아이를 돌보고 안내하는 과정이라고 볼 수 있다.

내면 아이를 눈에 보이지 않지만 분명히 존재하는 것에 비유한다면 바람을 떠올려볼 수 있다. 바람은 눈에 직접 보이지 않지만, 그 존재를 부정할 수 없다. 나뭇잎이 흔들리는 모습, 피부에 느껴지는 감각, 귓가를 스치는 소리를 통해 바람의 존재를 알 수 있다. 때로는 부드럽게 불어와 시원하게 해주고, 때로는 강하게 불어 걸음을 방해하기도 한다.

내면 아이도 이와 비슷하다. 눈에 보이지는 않지만 그 존재는 감정과 행동으로 드러난다. 예상치 못한 상황에서 느끼는 강한 감정들, 이해하기 어려운 반응들, 그리고 때때로 찾아오는 설명할 수 없는 불안감이나 기쁨—이 모든 것들이 내면 아이가 존재함을 알려주는 신호다.

또한 바람이 계절과 환경에 따라 변하듯 내면 아이도 상황에 따라 다양한 모습을 보인다. 때로는 따뜻한 봄바람처럼 부드럽고 포근하게 감싸기도 하고, 때로는 거친 폭풍우처럼 마음을 뒤흔들기도 한다.

그리고 바람은 보이지 않지만 모든 것에 영향을 미치듯 내면 아이도 삶 전반에 걸쳐 큰 영향을 미친다. 우리가 관계를 맺는 방식, 스트레스에 대처하는 방법, 삶의 목표를 설정하는 과정 등 모든 면에서 내면 아이의 존재가 작용하고 있다.

바람을 이해하고 활용하는 법을 배우듯, 내면 아이와 소통하는 법을 배울 수 있다. 그렇게 함으로써 자기 이해와 성장을 이룰 수 있게 되는 것이다.

나를 돌보기

내면 아이와 관련된 놀라운 이야기로 심리학자 칼 융의 경험을 들 수 있다. 융은 중년에 접어들어 심한 내적 혼란을 겪었다. 이 시기에 그는 내면 아이와 만나는 경험을 했다. 그는 이를 '적극적 상상'이라는 방법을 통해 탐구했다.

어느 날 융은 마음속에서 어린 시절의 자신을 만났다. 그 아이는 융에게 장난감을 만들자고 제안했고, 융은 그 제안을 받아들였다. 그는 실제로 돌과 진흙으로 작은 마을을 만들기 시작했다. 이 작업을 하면서 융은 창조성과 상상력을 되찾았고, 동시에 어린 시절의 감정과 경험을 재발견했다. 이 일은 그의 심리학 이론 발전에 큰 영향을 미쳤다.

융은 이 경험을 통해 내면 아이와의 연결이 얼마나 중요한지 깨달았다. 그는 이를 '개성화' 과정의 중요한 부분으로 보았다. 즉, 우리의 모든 면을 통합하여 온전한 자아를 이루는 흐름에서 내면 아이와의 만남이 필요하다고 본 것이다. 이 이야기는 내면 아이가 이론상의 개념을 넘어 실제로 우리의 성장과 치유에 영향을 미칠 수 있는 존재임을 보여준다.

존 브래드쇼(John Bradshaw)라는 심리학자는 "상처받은 내면 아이의 회복"이라는 개념을 발전시켰다. 그는 많은 성인들의 문제가 어린 시절의 미해결된 감정과 경험에서 비롯된다고 보았다. 그의 방법은 내면 아이와 대화하고, 그 아이의 필요를 충족시키는 것에 중점을 둔다.

또 다른 흥미로운 접근법으로 "재양육(Re-parenting)"이 있다. 자신의 내면 아이에게 부모 역할을 해주는 것을 뜻한다. 과거에 충분히 받지 못했던 사랑, 인정, 지지를 현재의 내가 내면 아이에게 해주는 것이다.

이러한 작업은 때로 극적인 변화를 가져오기도 한다. 오랫동안 대인관계에 어려움을 겪던 사람이 내면 아이 작업을 통해 두려움과 불안의 근원을 이해하고, 건강한 관계를 맺게 되는 경우가 있다.

예술 치료 분야에서도 내면 아이 개념이 활용된다. 그림 그리기, 점토 만들기, 음악 등을 통해 내면 아이와 소통하고 그의 감정을 표현하는 방법들이 사용되고 있다. 언어로 표현하기 어려운 감정들을 다루는 데 효과적이다.

'이야기 치료(Narrative Therapy)'는 내면 아이와 관련된 또 다른 접근법이다. 이야기 치료는 마이클 화이트와 데이비드 엡스턴이 개발한 방법으로, 삶을 하나의 이야기로 보는 관점에서 시작한다. 이 관점에서 내면 아이는 삶의 이야기 속 중요한 등장인물이 된다.

이 치료법에서는 자신의 '지배적인 이야기'를 살펴본다. 예를 들어, "나는 항상 실패하는 사람이야"라는 이야기를 가지고 있을 수 있다. 이런 이야기는 어린 시절의 경험에서 비롯된다.

치료사는 내담자가 이 지배적인 이야기를 '외재화'하도록 돕는다. 즉, 문제를 자신과 분리된 것으로 보게 하는 것이다. "실패가 당신의 인생을 어떻게 지배하고 있나요?"라고 물어볼 수 있다.

그다음, 이 이야기에 도전할 수 있는 '예외적인 순간들'을 찾는다. 성공했던 경험, 자신감을 느꼈던 순간 등을 탐색하는 것이다. 이를 통해 '대안적인 이야기'를 만들어간다. 치료사는 내담자에게 어린 시절의 본인에게 편지를 쓰거나, 현재의 관점에서 과거의 사건을 재해석해보도록 할 수 있다.

한 내담자는 어린 시절 부모님의 이혼으로 인해 "나는 사랑받을 가치가 없는 사람"이라는 이야기를 갖고 있었다. 이야기 치료로 그는 그 상황에서도 자신이 보여준 강인함과 적응력을 재발견했고, "나는 어려운 상황에서도 성장할 수 있는 사람"이라는 새로운 이야기를 만들어갔다.

이야기 치료는 삶에 대해 가지고 있는 서사를 변화시킴으로써, 내면 아이를 포함한 우리의 모든 면을 긍정적이고 힘을 주는 방식으로 바라볼 수 있게 해준다.

이 접근법은 내면 아이를 '치유'의 대상으로 보는 것이 아닌, 삶의 이야기를 함께 쓰는 중요한 동반자로 바라본다. 이를 통해 과거의 상처를 새로운 시각에서 바라보고 의미 있는 이야기를 만들어갈 수 있게 된다.

나의 어린 왕자

안톤 드 생텍쥐페리의 '어린 왕자'는 내면 아이의 개념을 아름답게 표현한 문학 작품으로 볼 수 있다. 이 이야기에서 어린 왕자는 내면에 있는 순수함, 호기심, 그리고 진실된 마음을 상징한다.

어른이 된 화자가 사막에서 어린 왕자를 만나는 것은 내면 아이를 재발견하는 여정으로 해석할 수 있다. 어른들의 세계에서 잃어버렸던 상상력, 순수함, 그리고 본질을 보는 능력을 되찾는 과정인 것이다.

어린 왕자가 말하는 "가장 중요한 것은 눈에 보이지 않아"라는 구절은 내면의 목소리, 즉 내면 아이의 지혜를 상기시킨다. 물질적이고 표면적인 것들에 가려진 진정한 가치를 뜻한다.

그리고 어린 왕자와 여우의 관계는 내면의 자아와 맺는 관계를 상징한다. 여우가 말하는 "네가 나를 길들였으니 넌 영원히 나에 대해 책임이 있어"라는 말은 내면 아이에 대해 가지는 책임을 떠올리게 한다.

이 이야기는 어른이 되어도 내면의 아이를 잃지 말라고 말한다. 세상을 순수하고 열린 마음으로 바라보는 능력, 진실한 관계의 가치를 아는 마음, 본질을 볼 줄 아는 지혜를 간직하라고 말이다.

'어린 왕자'는 모두의 내면에 있는 순수한 자아를 일깨우는 철학적 메시지를 담고 있다. 우리가 잃어버린 내면 아이를 되찾는 여정을 아름답게 그려낸 작품이라고 할 수 있다.

이야기는 비행기 고장으로 사하라 사막에 불시착한 조종사(화자)로부터 시작된다. 그곳에서 그는 다른 행성에서 온 어린 왕자를 만난다. 이 만남 자체가 일상적인 삶(비행)이 중단되고, 예상치 못한 상황(불시착)에서 내면 아이(어린 왕자)를 만나는 것을 상징한다고 볼 수 있다.

어린 왕자는 소행성 B612호에서의 삶과 여러 행성을 여행하며 겪은 경험들을 이야기한다. 각 행성에서 만난 어른들은 현대 사회의 다양한 모습을 풍자적으로 보여주고 있다.

소유한 별들을 세는데 바쁜 사업가는 물질만능주의를, 행성을 끊임없이 돌아다니는 점등인은 무의미한 반복을 상징한다. 이들은 모두 삶의 본질을 잃어버린 어른들의 모습을 나타낸다.

어린 왕자가 지구에 와서 만난 여우와의 대화는 아름답다. 여우는 어린 왕자에게 '길들이기'의 의미를 가르쳐준다. "네가 오후 4시에 온다면, 나는 3시부터 행복해지기 시작할 거야." 이는 관계의 소중함, 기다림의 가치를 말해주며, 내면의 순수한 부분과 연결되는 과정을 상징한다. 이 이야기는 삶의 본질적인 가치들—순수함, 상상력, 사랑, 책임—을 상기시키며, 이는 모두 우리의 내면 아이가 간직하고 있는 것들이다.

내면 아이와 관련된 흥미로운 속담으로 중국의 "老小同心"(노소동심)이라는 말을 들 수 있다. 직역하면 "늙은이와 어린이의 마음이 같다"라는 뜻이다.

이 속담은 노인과 어린이가 순수함과 진실성을 공유한다는 뜻을 담고 있다. 노인은 인생의 많은 경험을 통해 본질적인 것들의 가치를 깨닫고, 어린이는 아직 세상의 복잡함에 물들지 않은 순수한 상태를 유지하고 있기 때문이다.

내면 아이 개념과 밀접하게 연관된다. 사람은 나이를 먹어감에 따라 사회적 기대와 책임으로 인해 내면의 순수함을 잃어가는 경향이 있지만, 속담은 그 순수함을 간직하는 것의 중요성을 알려준다. 또한 노인이 되어 어린아이와 같은 마음을 되찾는다는 말로도 해석될 수 있다. 인생의 말년에 내면 아이와 연결되어, 삶의 본질적인 기쁨을 누릴 수 있다는 희망적인 메시지를 전한다.

실제로 많은 문화권에서 조부모와 손주 사이의 특별한 유대관계를 중요하게 여긴다. "老小同心"의 실제적 표현이라고 볼 수 있다. 조부모는 손주를 통해 잃어버린 순수함과 호기심을 되찾고, 손주는 조부모를 통해 삶의 지혜를 배운다.

요즘 사회에서 이 개념은 중요해 보인다. 우리는 성공, 효율성, 생산성만을 추구하다 삶의 기쁨을 놓쳐버리곤 한다. "老小同心"은 잠시 멈춰 서서 내면의 순수한 목소리에 귀 기울이라고 말한다.

마음챙김(mindfulness, 매 순간순간을 알아차림)이나 현재에 집중하는 것을 강조하는 현대 심리학의 개념과도 맞닿아 있다. 어린아이처럼 현재 순간에 온전히 머물고, 단순한 것에서 기쁨을 찾는 능력은 정신 건강과 행복에 매우 필요하다.

"老小同心"은 내면의 순수함을 잃지 말고, 그것으로 삶의 모든 단계에서 기쁨과 의미를 찾으라고 말한다. 내면 아이와 조화롭게 살아가는 것을 아름답게 표현한 지혜라고 할 수 있다.

소크라테스의 "너 자신을 알라"라는 말은 심오한 뜻을 담고 있다. 이 격언은 자신의 내면, 즉 마음을 이해하라는 말로 해석될 수 있다.

우리는 자신을 안다고 생각하지만, 실제로는 많은 부분을 모르고 있거나 무시하고 있을 수 있다. 마음은 복잡하고 다층적이며, 때로는 모순적이기까지 하다. 우리의 동기, 두려움, 욕구, 그리고 믿음들은 때로 우리 자신에게도 숨겨져 있다.

자기 인식의 여정은 평생에 걸친 여정이다. 그것은 내면 아이를 포함한 모든 부분을 인정하고 받아들이는 것, 장점뿐만 아니라 약점도 이해하는 것, 그리고 우리의 행동 패턴과 그 근원을 파악하는 것을 포함한다.

"너 자신을 알라"는 말은 자신을 알아가는 길이 끝없는 일임을 암시한다. 우리는 계속해서 변화하고 성장하기 때문에, 자기 이해도 지속적인 과정이 되어야 한다. 소크라테스의 이 짧은 격언은 삶의 가장 중요하고 도전적인 과제 중 하나를 담고 있다. 자기를 알아가는 것은 결코 쉽지 않지만, 그만큼 보람차고 의미 있는 일이기도 하다는 것.

그러나 내면 아이 작업이 항상 쉽고 즐거운 것만은 아니다. 때로는 고통스러운 기억이나 감정과 마주해야 할 수도 있다. 하지만 이러한 어려움을 극복하고 내면의 아이를 받아들이는 과정을 통해 우리는 강하고 회복력 있는 존재로 성장할 수 있다.

나를 불러줘

우리의 존재란 우리의 이름이다. 우리는 이름을 갖고 태어난다. 만약 이름이 없다면 우린 존재하지 않는 것이 되어버린다. 극단적으로 들리겠지만, 이름이 없으면 우리도 없다. 이름과 함께 우리의 실제적인 존재가 시작된다.

'인사이드 아웃'은 마음속 감정들을 의인화하여 보여주었다. 각각의 감정은 고유한 이름과 특징을 가지고 있었다. 그들은 이름이 있었기에 존재할 수 있었고, 라일리의 내면세계에서 역할을 할 수 있었다.

내면 아이도 마찬가지다. 이름을 지어주지 않으면, 그 아이의 존재를 인정하지 않는 것과 같다. 이름 없는 감정은 형체가 없는 구름처럼 흩어져버리고 만다. 하지만 이름을 짓는 순간, 그 감정은 실체를 갖게 된다.

내면 아이에게 이름을 붙이는 일은 호칭을 정하는 것 이상의 의미를 지닌다. 그것은 인정하고 받아들이는 일의 시작이다. 좋은 면과 부족한 면, 성공한 모습과 실패한 모습 모든 것을 포용하는 것이다.

이 일은 자신을 깊이 이해하게 만든다. 영화에서는 감정들에게 각기 다른 이름이 있지만, 그렇게까지 분리해서 이름을 짓지 않아도 된다. 그 감정들을 모두 담고 있는 아이한 명으로도 충분하다.

이름은 책임을 지는 것이기도 하다. 아이에게 이름을 붙이면 그를 돌보고 성장시켜야 할 책임이 생긴다. 쉽지 않은 일이지만 이 과정을 통해 자아를 찾아갈 수 있다.

특별해도 이상해도 상관없다. 자기 이름이어도 되지만, 되도록 다른 이름을 권하고 싶다. 이름을 부를 때 가장 자기다운 느낌이 들어야 한다. 편안하고, 부드러우며, 뭔가 나를 대표하고 상징할 수 있을 것만 같은 친숙함이 느껴지는 이름이어야 한다.

처음에는 어색하고 낯설 수 있지만, 시간이 지나면서 그 이름이 주는 특별한 울림을 느끼게 된다. 그 이름은 내면세계를 여는 열쇠가 되어, 미처 알지 못했던 본인의 모습을 발견하게 해준다.

'인사이드 아웃'에서 감정들의 이름이 각각의 특성을 잘 나타내듯, 내면 아이의 이름도 그 아이의 본질을 담고 있어야 한다. 항상 새로운 것을 추구하는 내면의 아이에게 '인디아나 존스'라는 이름을 붙일 수 있다.

이름을 정할 때는 직관을 믿는 것이 중요하다. 때로는 이유를 설명할 수 없지만 마음에 와닿는 이름이 있다. 그것이 바로 내면이 원하는 이름일 수 있다. 라일리의 감정들이 각자의 역할에 딱 맞는 이름을 가진 것처럼, 우리의 내면 아이도 자기만의 이름을 기다리고 있다.

이름과 존재에 대한 많이 알려진 이야기 중 하나로 '빨간 머리 앤'을 들 수 있다. 어린 시절 고아원에서 자란 앤에게 있어 이름은 그녀가 가진 유일한 소유물과도 같았다. 하지만 그녀는 그 이름이 너무 평범하다고 여겼다.

'코델리아'와 같은 로맨틱한 이름을 원했던 것은 그녀의 풍부한 상상력과 낭만적인 성향을 보여주는 동시에, 현실에서 느끼는 부족함을 채우고 싶어 하는 마음의 표현이었다. 이것이 바로 앤의 내면 아이가 원하는 이름이었을 수 있다. 이렇듯 내면 아이의 이름에는 우리의 경험과 성장, 꿈과 희망이 담긴다.

이름에 관한 또 다른 이야기가 있다. 세상의 모든 것들이 이름을 가지고 있었지만, 바람만은 이름이 없었다. 바람은 세상 곳곳을 돌아다니며 모든 것을 만지고 느꼈지만, 아무도 바람을 부르지 않았다.

어느 날, 바람은 자기 이름을 찾기로 결심했다. 바람은 산과 들, 바다를 넘나들며 여행을 시작했다.

먼저 바람은 거대한 나무를 만났다. "나의 이름을 알려줄 수 있나요?" 바람이 물었다. 나무는 잎사귀를 흔들며 대답했다. "너는 '속삭임'이야. 내 잎사귀를 살랑거리게 하니까."

바람은 기뻐하며 계속 여행했다. 다음으로 만난 것은 넓은 초원이었다. "내 이름이 뭐라고 생각하나요?" 바람이 물었다. 초원은 춤을 추듯 흔들리며 말했다. "너는 '산들바람'이야. 나를 부드럽게 어루만지니까."

바다에 도착한 바람은 또 물었다. "당신은 내 이름을 뭐라고 부르고 싶나요?" 바다는 파도를 일으키며 대답했다. "너는 '돌풍'이야. 내 파도를 높이 치게 하니까."

산꼭대기에 오른 바람은 마지막으로 물었다. "내 이름은 뭘까요?" 산은 단호하게 말했다. "너는 '폭풍'이야. 내 정상을 휘몰아치게 하니까."

여행을 마친 바람은 혼란스러웠다. 모두가 다른 이름을 지어주었기 때문이다. 그때 작은 새 한 마리가 다가와 말했다. "왜 그렇게 슬퍼 보이나요?"

바람은 자신의 이야기를 들려주었다. 새는 지혜롭게 대답했다. "당신은 모든 이름을 가지고 있어요. 당신은 속삭임이면서 동시에 산들바람, 돌풍, 폭풍이에요. 당신의 이름은 당신이 어떻게 존재하느냐에 따라 달라지는 거예요."

바람은 그제서야 깨달았다. 자신의 정체성은 하나의 이름으로 정의될 수 없다는 것을. 바람은 다양성을 받아들이고, 그 모든 이름들을 자랑스럽게 여기게 되었다.

어떤 이름을 지어주든 그것은 우리의 이름이다. 내면 아이의 정체성은 단일하지 않으며, 상황과 관계에 따라 다양한 모습을 가질 수 있다. 이름이 본질을 완전히 정의하지 않는다. 중요한 것은 이름을 주는 것이다. 여러 이름을 붙여줄 수도 있지만, 아무 이름도 없으면 안 된다.

이름으로 존재한다

애니메이션 영화 '센과 치히로의 행방불명'을 이름과 존재에 대한 관점으로 생각해 볼 수 있다. 주인공 치히로는 마법의 세계에 갇히게 되고, 그곳에서 일하기 위해 유바바라는 마녀와 계약을 맺는다. 이 과정에서 유바바는 치히로의 이름을 빼앗고 '센'이라는 새로운 이름을 준다.

이름을 빼앗긴다는 것은 호칭이 바뀌는 것이 아니라, 정체성과 과거의 기억을 잃는 것을 뜻한다. 유바바는 이를 통해 치히로를 통제하려고 한다. 그러나 치히로의 진짜 친구인 하쿠는 그녀에게 중요한 조언을 한다.

"네 이름을 잊지 마. 이름을 잊으면 여기서 나갈 수 없어."

이 대사는 이름이 호칭 이상의 의미를 가진다는 것을 강조한다. 이름은 치히로의 본질적인 정체성, 그녀의 과거와 미래, 그리고 그녀가 누구인지를 나타내는 중요한 요소이다.

영화가 진행되면서 치히로는 '센'이라는 이름으로 살아가지만, 내면 깊숙이 진짜 이름을 기억하고 있다. 그녀가 자신의 본질을 잃지 않고 있음을 말한다. 영화의 클라이맥스에서 치히로는 이름을 기억해내고, 이를 통해 마법의 세계에서 벗어나 현실 세계로 돌아갈 수 있게 된다.

일본의 '명명식'(命名式)은 이름과 존재의 연관성을 보여주는 좋은 예다. 이 의식은 아이가 태어난 지 7일째 되는 날에 치러진다. 부모나 조부모가 아이의 이름을 정하고, 이를 가족과 친지들 앞에서 공식적으로 발표한다. 참석자들은 이름을 부르며 축복을 하고, 이 이름은 가족의 족보나 공식 문서에 기록된다.

이 의식은 아이의 존재를 인정하고, 그 아이를 가족과 사회의 일원으로 받아들이는 중요한 일이다. 이름을 부여받음으로써 아이는 비로소 독립된 개체로 인정받고, 사회적 정체성을 갖게 된다.

명명식에서 부모들은 이름을 선택할 때 매우 신중을 기한다. 이름의 뜻, 글자의 획수, 발음의 리듬감 등을 모두 고려한다. 때로는 가족의 전통을 반영하거나, 아이가 태어난 계절이나 시기의 특징을 담기도 한다. 이름 속에는 아이에 대한 부모의 사랑과 그 아이가 살아갈 세상에 대한 희망이 담겨 있다.

봄에 태어난 아이에게 '하루'(春, 봄)라는 이름을 붙이거나, 가족의 첫 아이라면 '이치로'(一郎, 첫째 아들)라는 이름을 지어주는 식이다. 많은 가정에서는 이날 아이의 이름을 붓글씨로 써서 액자에 담아 보관한다. 아이의 이름이 형태와 의미를 가진 존재임을 시각적으로 보여주는 행위이다.

내면의 아이에게 이름을 주는 것에도 적용될 수 있다. 단순히 이름을 정하는 것을 넘어서 그 이름을 통해 내면의 한 부분을 인정하고, 그것에 의미를 부여하며, 그것이 성장해 나갈 방향을 제시하는 것이다.

부모들이 아이의 이름에 깊은 뜻과 희망을 담듯이, 우리도 내면의 아이에게 붙이는 이름에 꿈과 희망, 그리고 자기 이해와 성장에 대한 의지를 담을 수 있다.

이름을 짓는 행위는 인간이 미지의 영역을 이해해 나가는 과정을 상징한다. 천문학자들이 새로운 천체를 발견하고 그것에 이름을 붙이는 순간, 그 천체는 인류의 지식 체계 안에 공식적으로 존재하게 된다.

태양계의 행성들은 대부분 로마 신화의 신들의 이름을 따서 지어졌다. 목성(Jupiter), 화성(Mars), 금성(Venus) 등이 그렇다. 이 이름들은 명칭 이상의 의미가 있다. 각 행성의 특성과 신화 속 신들의 성격이 연결되어, 이름을 통해 그 행성의 특징을 쉽게 기억하고 이해할 수 있게 해준다.

외계 행성계를 발견하고 이름 짓는 일은 흥미롭다. 국제 천문연맹(IAU)은 새롭게 발견된 외계 행성계에 이름을 붙이는 프로젝트를 진행했는데, 전 세계 사람들이 참여하여 이름을 제안하고 투표하는 방식으로 이루어졌다.

칼 세이건은 우주와 인간의 관계를 아름답게 표현한 과학자이다. 그의 유명한 일화 중 하나는 '창백한 푸른 점(Pale

Blue Dot)'에 관한 것이다. 1990년, 보이저 1호가 태양계를 벗어나며 지구를 촬영한 사진에서 지구는 단지 작은 푸른 점으로만 보였다. 세이건은 이 이미지에 '창백한 푸른 점'이라는 이름을 붙였다.

세이건은 이렇게 말했다. "저기, 저것이 바로 우리의 집입니다. 그 위에 당신이 사랑하는 사람, 당신이 알고 있는 사람, 당신이 들어본 사람, 존재했던 모든 사람이 살았습니다."

이름이 시작이다

이름을 짓는 것은 창조적인 작업이다. 기존의 이름에 얽매이지 않고, 새로운 단어를 만들어낼 수 있다. '반짝이', '소곤이', '해리', '헤르미온느' 같은 이름들은 내면 아이들의 특성을 생생하게 표현할 수 있다. 이런 독특한 이름들은 내면세계를 풍부하고 다채롭게 만들어준다.

이름을 통해 내면의 아이와 대화를 시작한다. "안녕, 별이야. 오늘은 어떤 이야기를 들려줄래?" 이렇게 시작된 대화는 우리를 다정한 자기 이해로 이끌어준다.

어린 왕자처럼 작고 상처받기 쉬운 아이가 우리 가슴에 살고 있다. 그 아이가 이름을 얻어 기뻐할 것이다. 새로운 내가 된 기분도 들 것이다. 처음에는 이상한 기분이 들 수도 있다. 하지만 곧 인사이드 아웃의 풍경이 내 마음속에 펼쳐지는 듯한 느낌이 들 것이다. 내 마음에도 컨트롤 타워가 있고, 수많은 감정들이 싸우고 웃고 다투고 눈물을 흘리며 나와 소통하고 있다는 것을 느낄 수 있을 것이다.

이 순간, 우리는 자신의 내면세계와 진실한 만남을 갖게 된다. 그동안 모호하게 느껴졌던 감정들이 이제는 구체적인 형태를 갖추고 말을 걸어온다. 안개 속에서 걸어 나오는 것처럼, 내면 아이는 이제 뚜렷한 모습으로 우리 앞에 서게 된다.

이름을 얻은 내면 아이는 우리 삶의 적극적인 참여자가 된다. 우리가 기쁠 때 함께 웃고, 슬플 때 함께 울며, 때로는 용기를 주는 존재가 된다. '인사이드 아웃'의 감정 캐릭터들이 라일리의 삶에 깊이 관여하는 것과 같다.

내면의 아이는 우리가 미처 보지 못했던 모습, 숨겨진 재능, 그리고 극복해야 할 두려움들을 보여준다. 이를 통해 복잡한 내면세계를 잘 이해하고 받아들일 수 있게 된다.

이제 당신의 내면 아이에게 어떤 이름을 붙여줄 것인가? 그 이름을 부르는 순간, 당신은 새로운 자아와의 만남을 시작하게 될 것이다. 그리고 그 만남은 당신을 더 당신답게 느낄 수 있도록 도와줄 것이다.

그저 바라보기

이제 기적이 일어나게 된다. 이름을 짓는 순간 전에 없던
존재가 갑자기 내 안에 탄생하게 되고, 그 탄생을 통해 한
번도 해보지 못한 자기 객관화가 가능하게 된다. 이것은 일
종의 작지만 보이지 않는 기적이다. 내가 나를 바라보게 되
는 순간이기 때문이다.

이 감정들에게 이름을 붙이는 순간, 마법 같은 일이 일어
난다. 이름을 통해 그 감정을 인격화하고, 그것과 대화를 나
눌 수 있게 된다. "안녕, 나의 분노야. 지금 무엇 때문에 그
렇게 화가 났니?"라고 물을 수 있게 되는 것이다. 이는 말장
난이 아닌, 자신의 내면을 이해하고 소통하는 첫걸음이 된

다.

이렇게 감정에 이름을 붙이고 그것을 인식하는 과정은 내면세계를 탐험하는 여정의 시작점이 된다. 이제 감정의 노예가 아니라, 그것을 관찰하고 이해할 수 있는 주체가 된다. 폭풍우 치는 바다 위에 등대를 세우는 것과 같다. 여전히 파도의 힘을 느끼지만, 동시에 그것을 바라볼 수 있는 안전한 지점을 확보하게 되는 것이다.

이제 내면 아이를 볼 수 있게 되었다.

이것은 주시라고 할 수 있다.

주시는 쉬워 보이는 어려운 일이다. 대상을 바라보게 되면, 전에는 볼 수 없었던 것을 보게 된다. 현미경으로 세포를 들여다보는 것과 같다. 처음에는 그저 흐릿한 형체만 보이다가, 점점 초점이 맞춰지면서 복잡하고 정교한 구조가 드러나는 것처럼 말이다.

우리의 내면을 들여다보는 것도 이와 다르지 않다. 처음에는 혼란스러운 감정의 소용돌이만 느껴진다. 하지만 꾸준히 관찰하고 주시하다 보면, 점차 각각의 감정이 가진 고유한 색채와 형태, 그리고 목소리가 들리기 시작한다.

이 과정에서 놀라운 발견을 하게 된다. 예를 들어, 분노라고만 생각했던 감정 속에 사실은 두려움이 숨어있었다는 것을 알게 될 수도 있다. 또는 무심코 지나쳤던 작은 기쁨의 순간들이 얼마나 소중한지를 깨닫게 되기도 한다.

주시의 힘은 여기서 그치지 않는다. 감정을 주시함으로써, 그 감정에 휩쓸리지 않고 한 걸음 떨어져 바라볼 수 있는 여유를 갖게 된다. 폭풍우 속에서 잠시 벗어나 안전한 곳에서 그 광경을 바라보는 것과 같다. 여전히 폭풍의 위력을 느끼지만, 동시에 그것이 언젠가는 지나갈 것임을 알게 된다.

주시는 행동 패턴과 사고방식을 이해하게 해준다. 특정 상황에서 왜 그렇게 반응하는지, 어떤 생각들이 습관적으로 떠오르는지를 알아차리게 된다. 복잡한 기계의 작동 원리를 이해하는 것과 같다. 한 번 이해하고 나면, 그 기계를 더 잘 다룰 수 있게 되는 것이다.

내면 아이를 주시하는 것은 성찰과 밀접한 관련이 있다. 흔히 말하는 '자기를 돌아본다'라는 개념이 추상적이고 막연하게 느껴지는 것은 당연하다. 그러나 내면 아이에게 이름을 붙이고 그 존재를 인정하는 일은 이 추상적인 개념을 구체화하는 도구가 될 수 있다. 이것은 자기 객관화의 시작점이 된다. 이제 자신의 일부를 다른 사람을 바라보듯 관찰할 수 있게 된다. 자신을 비판적으로 평가하는 것과는 다르다. 오히려 이해와 공감의 눈으로 자신을 바라보는 것이다.

내면 아이의 모습

화가가 거울을 보며 자기의 모습을 캔버스에 옮기는 과정은 복제가 아니다. 그것은 자기 관찰과 성찰의 일이다. 화가는 외모에 가려져 있는 내면의 감정과 생각까지도 화폭에 담아내기 때문이다.

프리다 칼로, 빈센트 반 고흐 같은 화가들의 자화상을 떠올려 보자. 그들의 작품에는 외형적 묘사를 초월한 내면의 탐구가 담겨 있다. 주시와 관조의 결과물이라고 할 수 있다.

자신을 주시하고 관찰하는 행위는 내면의 자화상을 그리는 것과 같다. 이 과정에서 예상치 못한 발견을 하게 된다. 화가가 자신의 얼굴에서 전에 보지 못했던 새로운 표정이나 특징을 발견하는 것처럼, 우리도 내면에서 새로운 면모를 발견하게 된다.

영화에서 라일리의 감정 본부가 그녀의 내면세계를 보여주듯이, 주시는 내면에 존재하는 '감정 본부'를 들여다보는 창문 역할을 한다. 주시를 통해 다양한 감정들이 어떻게 상호작용하고 우리의 행동과 생각에 영향을 미치는지를 관찰할 수 있다.

스즈키 다이세츠는 20세기 일본의 저명한 불교학자이자 선(禪) 사상가로, 그는 주시와 명상의 중요성을 강조했다. 그의 일화 중 주시와 관련된 유명한 이야기가 있다.

한 제자가 스즈키 선생에게 와서 물었다. "선생님, 어떻게 하면 깨달음에 이를 수 있습니까?"

스즈키는 잠시 침묵했다가 대답했다. "그대의 코를 주시하세요."

제자는 혼란스러워하며 물었다. "제 코를 주시한다고요? 그게 무슨 의미입니까?"

스즈키는 미소를 지으며 설명했다. "코는 항상 거기 있지만, 당신은 그것을 거의 의식하지 않습니다. 코를 주시하라는 것은 지금 이 순간, 여기에 존재하는 것에 완전히 주의를 기울이라는 뜻입니다."

이 일화는 주시의 본질을 잘 보여준다. 주시는 완전한 주의와 함께 현재 순간에 깊이 머무는 것을 뜻한다. 우리의 코처럼, 내면세계도 항상 거기에 있지만 그것을 의식하지 못한다.

스즈키의 가르침은 주시가 관찰을 넘어서는 것임을 말한다. 그것은 존재 자체에 대한 심오한 인식과 연결되어 있다. 코를 주시하는 행위는 주의를 외부 세계에서 내면세계로 돌리는 상징적인 행위이며, 이를 통해 자신의 본질적인 존재를 이해할 수 있게 된다.

주시의 실천이 일상적인 것들 속에서도 이루어질 수 있음을 보여준다. 특별한 상황이나 장소를 기다릴 필요 없이, 지금 이 순간, 여기에서 주시를 시작할 수 있다.

주시함으로 거리감을 만든다

우리의 머릿속은 항상 이리저리 떠돌아다닌다. 떠오르는 생각들을 모두 적는다면, 어쩌면 스스로가 미치광이가 아닐까 생각될 정도로 생각이 날뛴다. 하지만 어딘가를 주시하면, 나는 바로 그곳에 존재하게 된다. 꿈속이나 상상이나 생각 어딘가가 아닌, 내가 나를 바라보는 그 순간, 나는 진짜 내가 되는 것이다.

불교에서는 이를 '원숭이 마음'이라고 부른다. 끊임없이 이 가지에서 저 가지로 뛰어다니는 원숭이처럼, 생각도 쉴 새 없이 움직인다. 하지만 주시의 순간, 이 끊임없는 생각의 흐름에서 벗어나 현재 순간에 온전히 존재하게 된다. 폭풍 속에서 고요한 중심을 찾는 것과 같다.

한 젊은 수행자가 있었다. 그는 마음의 평화를 찾기 위해 산속에서 명상하며 살았지만, 그의 마음은 항상 쉬지 않고 움직였다. 생각들이 끊임없이 흘러 그는 결코 평온을 얻지 못했다.

어느 날, 그는 스승을 찾아가 물었다. "스승님, 어떻게 하면 제 마음을 멈출 수 있을까요? 생각들이 계속해서 흘러가 평화를 찾을 수가 없습니다."

스승은 그를 데리고 산 아래 흐르는 강가로 갔다. "이 강물을 보거라." 스승이 말했다. "강물은 쉬지 않고 흐르지만, 그 안에는 고요함이 있다."

수행자는 혼란스러워했다. "하지만 강물은 계속 움직이고 있습니다. 어떻게 고요할 수 있나요?"

스승은 따뜻한 눈빛으로 대답했다. "강물을 멈추려 하지 말고 그저 흐르게 두어라. 네 마음도 마찬가지다. 생각들을 멈추려 하지 말고 흐르게 두어라."

수행자는 며칠 동안 강가에 앉아 강물을 주시했다. 점차 그는 강물의 흐름 속에서 평화를 느끼기 시작했다. 생각들이 여전히 흘러가고 있었지만, 그는 더 이상 그것들에 휘둘리지 않았다.

시간이 지나자 수행자는 깨달았다. 마음을 억지로 멈추려는 것이 오히려 더 큰 동요를 일으켰다는 것을. 대신 그는 자신의 생각들을 강물처럼 자연스럽게 흐르게 두었다.

마음은 끊임없이 흐르는 강물과 같다. 그것을 멈추려 말고, 그저 주시해야 한다. 우리의 마음이 본질적으로 끊임없이 움직이는 특성을 가지고 있기 때문이다. 주시할 때 통찰을 얻을 수 있다. 이는 마음챙김과 명상의 핵심 원리를 반영하고 있다.

'지금 여기'의 경험은 매우 강하다. 그 순간에 자아를 만나고, 본질을 경험한다. 자기 관찰을 넘어서는 깊은 자기 인식의 순간이다. 우리는 생각과 감정의 소용돌이에서 벗어나, 그것들을 바라보는 관찰자로서의 자아를 경험하게 된다.

주시를 통해 진정한 본질, 즉 모든 생각과 감정 너머에 있는 순수한 의식을 경험할 수 있다. 구름이 걷히고 맑은 하늘이 드러나는 것과 같다. 본질은 항상 그곳에 있었지만, 주시를 통해서 그것을 명확히 인식하게 되는 것이다. 이 순간은 천지창조와 같다. 그동안 인식하지 못했던, 혹은 무시했던 내면의 한 부분이 갑자기 생명을 얻어 우리와 마주하게 된다. 정말로 일종의 작은 기적이라고 할 수 있다.

자신의 한 부분을 발견하는 것을 넘어선다. 우리의 정체성을 인식하는 순간이다. 관찰자인 동시에 관찰 대상이 되며, 주체이자 객체가 된다. 이러한 이중적 인식은 자기 이해와 수용을 가능케 한다.

　이러한 만남은 변화의 시작점이 될 수 있다. 내면 아이를 인식하고 그와 '눈을 마주치는' 순간, 우리는 그 존재를 무시하거나 억압할 수 없게 된다.

　"내가 나를 만나는 순간"이다. 자아의 분열된 부분들이 하나로 통합되는 순간이며, 온전한 존재로 거듭나는 순간이다. 이러한 만남을 통해 자기 이해와 수용, 그리고 내적 평화를 경험하게 된다.

　내면 아이를 받아들일 때, 오랫동안 억압되었던 부분들을 포용하게 된다. 오랫동안 헤어졌던 가족과 재회하는 것과 같은 감동과 치유의 경험이 될 수 있다. 이 과정에서 과거의 상처를 치유하고, 미해결된 감정들을 해소할 수 있는 기회를 갖게 된다.

　이 만남은 자아 개념을 확장시킨다. 자신을 단일하고 고정된 존재가 아닌, 다양한 측면과 경험을 가진 복합적인 존재로 인식하게 된다. 우리로 하여금 다양성과 복잡성을 수용하고 존중하게 만든다. 더 이상 '완벽한' 자아를 추구하는 것이 아니라, 모든 면모를 포용하는 '온전한' 자아를 향해 나아가게 된다.

말하지 않는 시간

첫 만남은 언제나 어색하지만 설렌다. 침묵은 내면 아이의 목소리를 듣게 만들어 준다. 그동안 마음속에 너무나 많은 생각들에 섞여 들을 수 없었던 목소리다. 머릿속은 전쟁중이다. 그 속에서 내면 아이의 작은 목소리는 들리지 않는다.

이제 침묵해야 한다.

매일 수많은 소리에 둘러싸여 살아간다. 스마트폰에서 끊임없이 울리는 알림음, 거리의 소음, 그리고 마음속의 끝없는 대화들. 이 소리 속에서 가장 중요한 목소리를 놓치곤 한다. 바로 내면의 목소리다.

인사이드 아웃의 세계를 떠올려보자. 마음속에는 다양한 감정들이 살고 있다. 이들은 각자의 방식으로 행동과 생각을 이끌어간다. 하지만 외부의 소리가 너무 커서, 정작 본질적인 목소리를 듣지 못하게 된다.

침묵은 이러한 혼란에서 귀중한 선물을 준다. 그것은 바로 자신을 만나는 시간이다. 휴대전화를 멀리하고, 잠시 모든 것을 멈추고 고요 속에 머물 때, 비로소 진실한 모습과 마주하게 된다. 그 아이는 순수한 욕망, 꿈, 두려움을 알고 있다. 하지만 그동안 바빠서, 혹은 시끄러워서 듣지 못했다. 이제 그 목소리에 귀 기울일 시간이 필요하다.

침묵은 깨달음이다

우린 깨달음의 순간 침묵 속에 있었다. 말을 하거나 진실을 주제로 토론하지 않는다. 단지 침묵 속에 있을 뿐이다. 장엄한 노을 속에 존재하는 순간, 사랑에 빠진 순간, 우린 진실로 아무것도 하지 못한다. 우린 움직일 수 없다. 깨달음은 침묵의 느낌을 닮아 있다.

이 침묵의 순간은 어머니가 갓 태어난 아기를 품에 안은 모습과도 같다. 그 순간 어머니는 말을 하지 않는다. 아기의 작은 숨소리에 귀 기울이며, 온전히 현재에 존재할 뿐이다.

깨달음을 얻는 순간과 닮아있다. 우리는 판단과 생각을 멈추고, 존재 그 자체를 경험한다.

가까운 사람들이 서로의 눈을 바라보며 나누는 이해의 순간. 그들은 말을 하지 않아도 서로의 마음을 읽을 수 있다. 예술가가 작품에 몰입하는 순간. 붓을 든 화가의 손이 멈추고, 시인의 펜이 멈추는 그 순간. 그들은 더 큰 무언가와 연결되어 있음을 느낀다. 등산가가 정상에 올라 눈앞에 펼쳐진 광경을 바라보는 순간. 그는 말을 하지 않는다. 숨을 멈추고 바라볼 뿐이다. 깨달음의 순간에 삶의 전체 그림을 볼 수 있게 된다.

우리는 행동을 통해 자신의 본질을 발견한다. 더 이상 분리된 개체가 아닌 모든 것과 연결된 하나의 존재임을 깨닫는다. 그리고 이것은 침묵에서 시작된다. 진정으로 침묵할 때, 내면 아이의 목소리를 듣게 된다. 그 목소리는 내가 누구인지, 무엇을 원하는지, 어디로 가고 있는지를 알려준다.

침묵과 관련된 재미있는 이야기가 있다. 존 케이지의 4분 33초라는 작품에 대한 이야기다. 1952년, 미국의 실험 음악 작곡가 존 케이지는 '4분 33초'라는 제목의 곡을 발표했다. 이 곡의 특이한 점은 연주자가 무대에 올라가지만, 4분 33초 동안 단 한 음도 연주하지 않는다는 것.

처음 이 곡이 연주되었을 때, 관객들은 혼란스러워했다. 그들은 음악을 기대하고 왔지만, 들리는 것은 오직 공연장의 소음뿐이었다. 의자 삐걱거리는 소리, 기침 소리, 사람들의 속삭임, 바깥에서 들려오는 바람 소리 등이 전부였다.

케이지는 주의를 기울이면 일상의 모든 소리가 음악이 된다는 것을 보여주고 싶었다. 이 작품은 청중들에게 그들이 평소에 무시하던 소리에 귀 기울이게 했고, 음악과 소음의 경계에 대해 생각해보게 했다. 때로는 아무것도 하지 않는 것, 그저 듣고 존재하는 것만으로도 큰 의미가 있을 수 있다는 것을 보여준다. '침묵'이라고 생각하는 순간에도 실제로는 많은 것들이 일어나고 있음을 깨닫게 해준다.

내면을 들여다보는 것과도 비슷하다. 겉으로 보기에 '아무것도 하지 않는' 침묵의 순간에도, 내면에서는 끊임없이 많은 일들이 일어나고 있다. 그리고 그 순간에 귀 기울일 때, 평소에 놓치고 있던 중요한 것들을 발견할 수 있다.

핀란드의 '말하지 않는 카페'가 있다. 헬싱키에 있는 이 특별한 카페의 이름은 '힐자이넨 카흐빌라(Hiljaisuuden kahvila)'로, 핀란드어로 '침묵의 카페'라는 뜻이다.

카페의 독특한 점은 손님들이 카페에 있는 동안 완전한 침묵을 지켜야 한다는 것. 주문할 때도 말을 하지 않고 메뉴

판을 가리키거나 미리 준비된 주문서를 사용한다. 직원들도 말 대신 손짓이나 미소로 소통한다.

이 카페의 목적은 사람들에게 일상의 소음에서 벗어나 내면과 마주할 기회를 주는 것이다. 핀란드 문화에 깊이 뿌리박힌 '침묵의 미덕'을 반영하기도 한다. 핀란드 사람들은 침묵을 존중과 사려 깊음의 표현으로 여기는 경향이 있다.

카페를 찾은 손님들의 반응은 다양하다. 처음에는 어색해하지만, 시간이 지나면서 대부분이 이 독특한 경험을 즐기게 된다. 많은 사람이 이 '강제된 침묵'이 오히려 자유롭게 해주는 느낌이라고 말한다. 말을 하지 않아도 된다는 해방감, 그리고 생각에 집중할 기회를 가질 수 있기 때문이다.

이 카페는 현대 사회에서 우리가 얼마나 끊임없는 소음과 대화에 노출되어 있는지, 침묵의 시간이 얼마나 귀중한지를 깨닫게 해준다. 말없이도 충분히 소통할 수 있다는 것, 때로는 침묵이 말보다 더 많은 것을 전달한다는 걸 보여준다.

인사이드 아웃의 세계관과도 연결된다. 내면의 여러 감정이 시끄럽게 떠들어대지만, 진정한 자아를 발견하기 위해서는 이 모든 소리를 잠시 멈추고 침묵 속에서 자신을 바라볼 필요가 있다.

'침묵의 카페'는 일상의 소음에서 벗어나 내면을 들여다보고, 진정으로 중요한 것이 무엇인지 생각해볼 수 있는 공간이다. 카페 그 이상의 의미를 가진다. 그것은 삶에서 침묵의 가치를 재발견하게 해주는 특별한 경험이 되는 것이다.

불교의 '묵언 수행'도 그 가치를 잘 보여준다. 묵언 수행은 불교에서 말이나 소리를 내지 않고 침묵을 유지하는 수행 방법을 뜻한다. "묵언"은 문자 그대로 "말하지 않음"을 뜻한다. 이 수행은 마음의 평정을 유지하고, 내면의 관찰과 명상에 집중하기 위해 사용된다.

수행자들은 이 기간에 말하는 것은 물론, 글씨를 쓰거나 몸짓으로 의사소통을 하는 것조차 금지된다. 오직 필수적인 생활만을 하며 대부분 시간을 명상과 자기 성찰에 바친다.

이 수행의 목적은 말을 하지 않는 것이 아니다. 내면의 소리에 귀 기울이고, 자신의 본질을 깨닫는 것이다. 수행자들은 일상의 소음과 잡념에서 벗어나게 된다.

수행을 경험한 많은 사람들은 이 기간 동안 놀라운 변화를 겪었다고 말한다. 처음에는 불편하고 어색하지만, 시간이 지날수록 마음이 맑아지고 평온해진다. 그들은 자기 생각과 감정을 이해하게 되고 인생을 바꿀만한 깨달음을 얻기도 한다.

사회에서는 이런 극단적인 형태의 침묵 수행이 어렵겠지

만, 이 이야기는 중요한 메시지를 전한다. 때로는 모든 것을 멈추고 침묵 속에 머무는 것이 필요하다는 것. 일상에서도 잠시나마 '묵언'의 시간을 가져보라고 제안한다. 그저 몇 분이라도 멈추고 내면에 귀 기울여보는 것, 그것이 당신을 진실한 이해와 평화로 이끌 것이다.

난닌(南隱) 선사는 일본의 선승으로, 그의 찻잔 이야기는 매우 유명하다.

어느 날, 한 대학 교수가 난닌을 찾아왔다. 그는 선(禪)에 대해 배우고 싶어 했다. 그러나 그는 계속해서 자기 지식과 견해를 늘어놓았고, 난닌의 말을 제대로 듣지 않았다.

난닌은 조용히 차를 준비했다. 그는 교수의 찻잔에 차를 따르기 시작했고, 찻잔이 가득 차자 계속해서 차를 따랐다. 찻잔은 넘쳐흘렀지만, 난닌은 계속해서 따랐다.

놀란 교수가 외쳤다. "그만! 더 이상 들어가지 않아요. 찻잔이 넘치고 있어요!"

그때 난닌이 말했다. "당신도 이 찻잔과 같습니다. 이미 의견과 추측으로 가득 차 있습니다. 제가 어떻게 당신에게 선(禪)을 가르칠 수 있겠습니까? 먼저 당신의 잔을 비우십시오."

이 일화는 침묵의 중요성을 아주 잘 보여준다. 교수는 계속해서 말을 하며 지식을 과시했지만, 실제로는 아무것도 배우지 못했다. 반면 난닌은 침묵 속에서 행동으로 교훈을 전달했다.

마음속의 여러 감정들이 끊임없이 떠들어대면, 자아의 목소리를 듣기 어렵다. 때로는 이 모든 내적 소음을 잠재우고 침묵 속에 머물 때, 깊은 통찰을 얻을 수 있다.

난닌의 이야기는 '마음의 찻잔을 비우라'라고 말한다. 나의 선입견, 고정관념, 불필요한 생각들을 비우고 열린 마음으로 세상을 바라보라는 것이다. 침묵 속에서만 가능하다.

일상에서 이런 '마음의 찻잔을 비우는' 시간을 가져보자. 잠시 멈추고 침묵에 머물며, 나의 내면과 주변 세계를 새롭게 바라보는 것이다.

틈이 있어야 숨 쉴 수 있다

침묵은 나와 내면 아이 사이를 막고 있던 수많은 장애물을 치우는 행동이다. 본질적 자아와 만나는 순간으로의 초대장이며, 일상의 소음에 가려진 진실을 발견하는 여정의 시작점이다.

우리는 끊임없는 내적 대화와 외부 세계의 요구 사이에서 살아간다. 이 소음의 홍수 속에서 작고 섬세한 아이의 목소리는 잊히고 묻혀버린다. 침묵은 이 혼란을 가르는 칼이 되어, 나를 본질적인 존재와 다시 연결해준다.

내면 아이는 순수한 열망과 두려움, 꿈과 상처를 간직하고 있다. 그러나 성장 과정에서 이 아이의 목소리를 모른 채 억압하는 법을 배웠다. 침묵은 내면 아이와의 대화를 재개하는 열쇠가 된다. 그것은 잊고 있던 자아의 일부를 다시 받아들이는 일이다.

침묵은 스스로가 만들어낸 가면들을 벗어던지는 행위다. 사회적 기대와 타인의 시선에 맞춰 우리는 수많은 역할을 연기한다. 그러나 침묵은 이 모든 역할에서 벗어나, 가장 순수한 형태의 자아와 마주하게 한다. 말하지 않음으로 말하고 듣는 법을 배우게 된다. 이 역설적인 진리는 일상적인 소통 방식을 뛰어넘어 의미 있는 교감의 세계로 우리를 인도한다.

이 고요한 언어는 시간과 공간을 초월한다. 말은 순간적이지만, 침묵은 영원할 수 있다. 그것은 기억 속에 깊이 새겨져, 오랫동안 의미를 전달하고 영향을 미친다. 때로는 한순간의 침묵이 수많은 말보다 강렬하고 지속적인 인상을 남기기도 한다. 말하지 않음으로써 더 많은 것을 말하고, 침묵함으로써 더 듣게 되는 것이다.

우리는 너무 말이 많다. 끊임없이 말한다. SNS로, 채팅으로, 문자로, 다양한 형태로 쉬지 않고 마음속의 말들을 밖으로 내보낸다. 무의미하고 가벼운 말들. 그 말들의 홍수 속에 있다면 어떻게 내면의 목소리를 들을 수 있겠는가?

우리의 두뇌는 24시간 운영되는 라디오 방송국 같다.

쉴 새 없이 뉴스를 송출하고, 음악을 틀고, 광고를 내보낸다.

그런데 이 방송국의 DJ가 약간 미친 것 같다. 중요한 뉴스보다는 가십을, 아름다운 음악보다는 귀에 거슬리는 소음을, 유용한 정보보다는 스팸을 더 좋아한다.

SNS는 이 미친 DJ의 놀이터가 되었다. 여기서 그는 마음껏 떠들 수 있다. "오늘 아침에 먹은 토스트 사진이에요!", "지하철에서 본 강아지 너무 귀여워요!", "이 글을 10명에게 전하지 않으면 불행해질 거예요!"

내면 아이는 이 소음 속에서 작은 목소리로 외치고 있다. "저기요, 제 말 좀 들어주세요!" 하지만 그 목소리는 '좋아요'와 공유의 폭포 소리에 묻혀서 들리지 않는다. 가끔 그 목소리가 들리면 황급히 스마트폰을 켠다.

휴, 하마터면 진지한 생각을 할 뻔했다.

이런 상황에서 내면의 목소리를 듣는 것은 록 콘서트장에서 풀벌레 소리를 듣는 것과 같다. 불가능한 것은 아니지만,

굉장한 집중력과 인내심이 필요하다. 우리에게 필요한 건 노이즈 캔슬링 헤드폰이 아닌 정신적 소음 제거 헤드폰일지도 모른다.

우리는 말을 하지 않으면 존재가 증명되지 않을 것처럼 행동한다. "나는 말한다, 고로 존재한다"가 현대인의 좌우명이 된 듯하다. 데카르트가 이걸 들으면 뭐라고 할까? 아마도 그는 조용히 명상에 잠기겠지.

그런데 잠깐, 침묵이 그렇게 무서운가? 혹시 내면에 블랙홀이라도 있나? 말을 멈추면 그 구멍 속으로 빨려 들어갈까 봐 두려운 걸까? 사실 그 속으로 들어가 보면 자아를 만날 수 있을지도. 어쩌면 그곳에서 끊임없이 떠들어대는 DJ가 아닌, 진짜 자신의 목소리를 들을 수 있을 것이다.

필요한 건 용기다. 스마트폰을 내려놓고, SNS를 끄고, 침묵 속에 머물 수 있는 용기. 그리고 그 속에서 들려오는 목소리에 귀 기울일 수 있는 여유. 그 목소리가 우리를 어디로 이끌지. 하지만 분명한 건, 그곳이 '좋아요'와 공유의 숫자로 가치를 매기는 세상보다는 훨씬 더 의미 있는 곳일 거라는 점이다.

자, 이제 잠시 말을 멈추고 귀를 기울여보자. 들리는가? 저 먼 곳에서 들려오는 작은 목소리가. "안녕, 나야. 드디어 만나게 되어 정말 반가워."

무위(無爲)

우리는 한시도 가만히 있지 않는다. 잠자기 직전까지 휴
대폰을 놓지 못하고, 깨어나서 눈 감는 순간까지 쉬지 않고
꼼지락거린다. 이 끊임없는 움직임 속에서 본질을 잃어가고
있다. 잔잔한 호수 위에 돌을 던지면 물결이 일어나듯, 끊임
없는 행위는 내면의 평온을 깨뜨린다.

아무것도 안 하기.

가만히 있기.

무위(無爲, non-action)

무위의 가치를 깨닫는 것은 현대 사회에서 쉽지 않다. 우
리는 항상 생산적이어야 한다는 압박에 시달린다. 심지어

휴가도 생산적으로 보내려 한다. 이런 상황에서 아무것도 안 하는 것은 어쩌면 정신 나간 짓일지도 모른다는 생각을 들게 할지도 모르겠다. 이런 강박은 오히려 나를 소진시키고, 창의성을 말라붙게 한다. 생산성은 역설적으로 무위의 시간에서 발현된다.

침묵의 힘을 간과해서는 안 된다. 소음으로 가득 찬 세상에서 침묵은 사치품이 되어버렸다. 침묵 속에서 비로소 내면의 소리를 들을 수 있다. 그 소리는 내가 누구인지, 무엇을 원하는지 알려주는 나침반이다.

잠시라도 몸을 움직이지 않는 것은 더욱 강조되어야 한다. 우리의 뇌는 쉴 새 없이 정보를 처리하고 있다. 가만히 있을 때, 뇌는 정보를 재정리하고 새로운 연결고리를 만들어낸다. 창의성과 문제 해결 능력의 원천이 된다.

끊임없는 행위는 현재에서 멀어지게 한다. 과거의 후회나 미래의 불안에 사로잡혀 지금 이 순간을 놓치고 있다. 삶은 오직 현재에만 존재한다. 무위는 나를 현재로 돌아오게 만든다.

마음은 잔잔한 호수와 같다. 행위는 그 호수 위에 파문을 일으킨다. 무위의 시간은 그 파문을 잠재우고, 호수를 맑고 투명하게 해준다. 이때 비로소 호수 밑바닥에 있는 보물을 볼 수 있게 된다.

행위에 대한 집착은 존재를 불안하게 해 무언가를 하지 않으면 뒤처질 것 같은 두려움에 시달리게 한다. 이는 착각일 뿐이다. 진짜 성장은 오히려 멈춤의 순간에 일어난다. 나무도 겨울에 쉬어야 봄에 꽃을 피울 수 있다.

포화상태

우리의 감각은 끊임없는 자극에 무뎌져 있다. 맛있는 음식도, 아름다운 풍경도 더 이상 감동을 주지 못한다. 반면에 무위는 감각을 다시 예민하게 만든다. 작은 것에서도 기쁨을 찾을 수 있게 된다.

끊임없는 행위는 나를 타인과의 관계에서도 멀어지게 만든다. 우리는 늘 바쁘다는 핑계로 소중한 사람들과의 시간을 놓친다. 무위는 타인을 진정으로 바라볼 수 있는 여유를 준다.

우리는 행위를 통해 자신의 가치를 증명하려 한다. 이건 잘못된 접근이다. 나의 가치는 내가 무엇을 하는가가 아닌, 내가 누구인가에 있다. 무위는 이 진리를 깨닫게 해준다.

마음을 알기 위해서는 멈춤이 필요하다. 행위 속에서는 자기 모습을 볼 수 없다. 무위, 침묵, 그리고 몸의 정지는 우리에게 스스로를 돌아볼 수 있는 거울이 되어준다. 이 거울 속에서 비로소 본질을 마주하게 된다.

삶의 진실한 의미는 행위가 아닌 의미 있는 멈춤에 있다. 진정으로 살아있음을 느끼는 순간은 바로 이 멈춤의 순간이다. 그러므로 무위를 두려워하지 말아야 한다. 오히려 그것을 환영해야 한다. 왜냐하면 그것이야말로 나를 진정한 자아로 인도하는 길이기 때문이다.

바쁘다 바빠

우린 한시도 쉬지 않고, 늘 마음 바쁘게 살아가고 있다. 햄스터 쳇바퀴를 돌리듯 끊임없이 움직이는 모습이 어찌 보면 우스꽝스럽기도 하다. 하지만 그 우스꽝스러움 속에 불안과 초조함이 숨어있다는 걸 깨닫는 순간, 웃음 속에 씁쓸함이 스며든다.

완벽한 멈춤을 경험해본 적이 있는가? 그것은 시간이 멈춘 것 같은 기분이다. 처음엔 불편하고 어색하다. 옷을 거꾸로 입은 것처럼 말이다. 그 불편함을 견뎌내면 놀라운 세계를 만나게 된다.

움직이지 않는다는 것, 그것은 육체적인 정지만을 의미하지 않는다. 마음의 움직임도 멈추는 것이다. 우리의 마음은 술에 취한 원숭이처럼 이리저리 날뛰고 있다. 그 원숭이를 잠재우는 것, 그것이 바로 멈춤이다.

완전한 멈춤 상태에서 자신의 모습을 객관적으로 바라볼 수 있게 된다. 높은 산에서 도시를 내려다보듯이 말이다. 그제야 깨닫는다. '아, 내가 이렇게 살아왔구나.'라고. 그 깨달음은 때로는 충격적이기도 하지만, 동시에 해방감을 준다.

멈춤의 순간, 자신의 숨소리를 듣게 된다. 그리고 깨닫는다. '아, 나는 살아있구나.' 이 깨달음이 얼마나 강렬한 기쁨을 주는지 모른다. 오랜만에 집에 돌아온 것 같은 편안함을 느낀다.

우리는 '시간이 없다'라고 말한다. 사실 시간은 늘 그 자리에 있다. 다만 그것을 느끼지 못할 뿐이다. 멈춤의 순간, 시간의 강을 따라 흐르고 있음을 느낀다. 그리고 그 흐름에 몸을 맡기는 법을 배운다.

완전한 멈춤은 새로운 시각을 선사한다. 평소 눈에 띄지 않던 것들이 보이기 시작한다. 창밖의 나뭇잎 하나, 벽에 드리운 햇살 한 줄기가 얼마나 아름다운지 깨닫게 된다. 삶의 작은 기적들을 발견하는 것이다.

끊임없이 움직일 때는 그저 관성에 따라 살아갈 뿐이다. 하지만 멈추는 순간, '이대로 살 것인가, 아니면 변화를 꾀

할 것인가'를 선택할 수 있게 된다.

마음은 춤추는 불꽃과 같다. 끊임없이 움직이고, 변화한다. 하지만 그 불꽃도 때로는 쉬어야 한다. 그래야 더 밝게 빛날 수 있다. 멈춤은 마음의 불꽃에게 주는 선물이다.

멈춤은 자유를 준다. 끊임없는 움직임은 오히려 속박한다. 멈추는 순간, 그 속박에서 벗어난다. 그리고 진정한 자유를 만끽한다.

그러니 두려워하지 말자. 멈추어보자. 그리고 느껴보자. 자신 안에 숨어있던 평화를, 기쁨을, 삶의 진정한 의미를. 그것이 바로 완전한 멈춤이 우리에게 가져다주는 선물이다.

쉴 새 없이 움직이는 것은 두려움 때문이다. 우린 쫓기고 있다. 수많은 것들로부터. 두려움, 불안, 미래, 자금, 시간, 건강, 나를 쫓아오는 수많은 것들이 있다. 때로 삶은 하나의 거대한 두려운 존재로 다가온다.

우린 정말 내일을 모른다.

살아가도 살아가도 알아가는 것은 두려움뿐이다.

공포 영화의 주인공이 된 것 같다. 뒤를 돌아보면 괴물이 쫓아오고 있을 것만 같아 앞만 보고 달린다. 하지만 우스운 건, 우리가 쫓기고 있다고 생각하는 그 괴물은 사실 그림자일 뿐이라는 것이다. 자, 이제 웃어도 좋다. 우리는 우리 자신으로부터 도망치고 있었던 것이다.

두려움은 겨울 감기와 같다. 누구나 한 번쯤은 걸리게 되어있고, 걸리면 끔찍이 고통스럽다. 그것도 결국 지나간다. 문제는 그 감기를 영원히 걸린 것처럼 착각한다는 것이다.

삶이 거대한 존재로 다가온다고? 그렇다면 우리도 거대해지면 된다. 아니, 더 현명한 방법은 있다. 그 거대한 존재를 상상 속 귀여운 동물로 만들어버리는 것이다. 어차피 존재하지 않는 건 둘 다 똑같지 않은가?

내일을 모른다고? 그렇다면 오늘을 즐기면 된다. 어차피 알 수 없는 미래라면, 그것을 두려워하기보다는 기대해보는 건 어떨까? 선물 상자를 여는 듯한 설렘으로 말이다.

두려움은 그림자와 같다. 내가 달리면 그림자도 따라 달린다. 하지만 내가 멈추면 그림자도 멈춘다. 그리고 가만히 서서 그림자를 바라보면, 그것이 그저 나의 일부일 뿐이라는 것을 깨닫게 된다.

우리는 항상 두려움을 피하려 한다. 그것은 비를 피하려고 영원히 집 안에만 있는 것과 같다. 때로는 그냥 비를 맞으며 걸어가는 것도 나쁘지 않다. 우산은 있으면 좋지만, 없다고 해서 세상이 끝나는 건 아니다.

알아야 할 것은 두려움이 아니라 용기다. 용기는 두려움에도 불구하고 앞으로 나아가는 것이다. 그 용기는 가슴 안에 이미 존재한다.

가장 단순한 것이 진실이다. 우리가 얼마나 복잡한 세상을 만들어놓고 사는지 웃음이 난다. 미로에서 출구를 찾는 쥐처럼, 삶의 미로를 헤매고 있다. 하지만 그 출구는 의외로 가까이에 있을지 모른다.

진실에 다가가는 방법

우리는 진리를 찾아 먼 길을 떠난다. 히말라야산맥을 오르고, 티베트의 사원을 찾아가고, 아마존의 정글을 헤맨다. 어쩌면 진리는 코끝에 있을지도. 안경을 찾느라 온 집안을 뒤지다가 그것이 자기 머리 위에 있었다는 것을 깨닫는 것처럼 말이다.

단순함의 미학을 잊은 채 복잡한 것만을 추구한다. 더 많은 기능, 더 화려한 디자인, 더 복잡한 이론… 위대한 발견들은 놀랄 만큼 단순했다. 뉴턴의 사과, 아르키메데스의 목욕탕, 에디슨의 전구. 이들은 모두 일상의 단순한 순간에서 탄생했다.

언어도 점점 복잡해지고 있다. 긴 문장, 어려운 단어, 복잡한 표현… 말의 미로 속에서 길을 잃어가고 있다. 그런데 가장 강력한 메시지는 짧은 문장에 담긴다. "사랑해", "미안해", "고마워". 이 말들이 얼마나 큰 힘을 가졌는지 모른다. 나는 특히 '고마워.'를 좋아한다. 이 부드러운 발음에 담긴 따스함을 사랑한다.

현대 사회는 끊임없이 '더'를 요구한다. 더 많이 가져라, 더 높이 올라가라, 더 빨리 달려라. 하지만 진정한 행복은 '덜'에서 온다. 덜 가지고, 덜 욕심내고, 덜 서두르는 것. 이것이 단순함의 비밀이다.

우리는 복잡한 문제에 복잡한 해답을 찾으려 한다. 우아한 해결책은 단순하다. 거대하게 얽힌 실타래를 풀려고 애쓰다가, 결국 가위로 자르는 것이 최선의 방법임을 깨닫는 것과 같다.

단순함을 추구한다고 해서 단순해지는 것은 아니다. 오히려 그 반대일 수 있다. 복잡한 것을 단순하게 만드는 것은 어려운 작업 중 하나다. 긴 편지를 쓰는 것보다 짧은 편지를 쓰는 것이 더 어려운 법이다.

우리가 찾는 진실은 태어날 때부터 알고 있던 것일지도 모른다. 단지 그것을 잊어버리고 복잡한 세상에서 길을 잃었을 뿐이다. 그러니 이제 본질로 돌아가 보자. 가장 단순한 곳에서, 가장 심오한 진실을 발견할 수 있을 것이다.

단순함, 그것은 맑은 물과 같다.

그 속에서 나의 참모습을 볼 수 있다. 그리고 그 참모습 속에서, 우리는 진실을 만나게 될 것이다.

완전히 멈추는 것은, 어쩌면 행동이라기보다 예술에 가까운 일인지 모른다. 행위 예술의 한 형태인지도 모르겠다. 생각해보면 꽤 아이러니하다. 아무것도 하지 않는 것이 하나의 '행위'가 된다니 말이다.

멈춤의 예술은 새로운 관점을 제시한다. 움직이는 세상에서 유일하게 멈춰있는 존재가 된다는 것. 그것은 폭풍 한가운데 있는 고요한 눈과도 같다. 그 속에서 세상을 새롭게 바라볼 수 있게 된다.

이 예술의 가치는 그것이 가져다주는 깨달음에 있을 것이다. 멈춤을 통해 움직임의 의미를 이해하게 되고, 고요함을 통해 소음의 가치를 깨닫게 된다.

현대 미술계의 유명한 '멈춤의 예술'이 있다. 1970년대, 세르비아 출신의 퍼포먼스 아티스트 마리나 아브라모비치는 "The Artist Is Present"라는 독특한 전시를 선보였다. 이 퍼포먼스는 2010년 뉴욕 현대미술관(MoMA)에서 절정을 이루었다.

아브라모비치는 미술관 중앙에 테이블을 놓고 앉아 있었

다. 관람객들은 한 명씩 그녀 앞에 앉아 그저 그녀와 눈을 마주치는 것만으로 작품에 참여할 수 있었다. 아무 말도, 아무 행동도 하지 않고 서로를 바라보는 것이 전부였다.

이 '멈춤의 예술'은 3개월 동안 계속되었고, 아브라모비치는 매일 7시간씩, 또는 10시간 이상을 움직이지 않고 앉아 있었다. 총 1,675명의 사람이 그녀와 마주 앉았고, 많은 이들이 이 간단한 행위에 감동하여 눈물을 흘렸다.

특히 재미있는 점은, 아브라모비치의 옛 연인이자 오랜 예술적 파트너였던 울레이가 예고 없이 나타나 그녀 앞에 앉았을 때이다. 둘은 30년 만에 처음 만난 것이었고, 그 순간의 긴장감과 감동은 전시장 전체를 휩쓸었다. 끊임없는 소음과 움직임 속에서, 우리는 얼마나 자주 진정으로 누군가를 '바라보고' 있나? 멈춤의 순간, 오히려 깊이 연결될 수 있다는 역설을 이 작품이 보여주었다.

아브라모비치의 이 퍼포먼스는 '멈춤'이 예술적 표현이 될 수 있음을 보여주는 대표적인 사례이다. 때로는 아무것도 하지 않는 것이 가장 강력한 행동이라는 것을 상기시켜 주는 것이다.

움직이지 않는 것의 의미를 보여주는 '좌선(坐禪)' 수행에 관한 이야기가 있다. 에이헤이지(永平寺) 절의 도겐 선사에 관한 일화이다. 도겐은 13세기 일본의 선사로, 좌선을 통한 깨달음을 강조했다.

어느 날, 한 수행자가 도겐에게 물었다. "스승님, 왜 이렇게 오랜 시간 동안 아무것도 하지 않고 앉아있어야 합니까?"

도겐은 대답했다. "아무것도 하지 않기 위해 앉아있는 것이 아니라, 아무것도 하지 않는 것을 하기 위해 앉아있는 것이다."

이 대답은 얼핏 들으면 모순적으로 들릴 수 있지만 심오한 뜻을 담고 있다. '아무것도 하지 않는 것'이 사실은 매우 적극적인 행위라는 것이다. 마음과 몸을 완전히 고요히 하는 것은 오히려 큰 노력과 집중이 필요한 행위다.

도겐은 이런 말을 했다고 한다. "좌선 중에 깨달음을 얻으려 하지 마라. 그저 앉아있는 그 자체가 깨달음이다."

이 가르침은 목표 지향적인 사고에서 벗어나 현재 순간에 충실할 것을 권한다. 그냥, 가만히, 앉아 있으라고. 멈춤의 순간 자체에 의미가 있다는 것이다.

현대 사회에서 이 이야기는 더욱 의미가 크다. 우리는 항상 무언가를 '해야 한다'라는 압박에 시달린다. 도겐의 가르침은 '하지 않는 것'이 가장 큰 '하는 것'일 수 있다고 말한다. 겉으로 보기에 '아무것도 하지 않는' 시간이 실은 내면

을 가장 깊이 들여다보고 정화하는 시간일 수 있다는 것을
깨닫게 해주기도 한다.

'멈춤'은 자기 존재 자체를 인식하는 적극적인 행위가 될
수 있는 것이다. 바쁜 생활 속에서 우리가 잃어버린 중요한
지혜일지도 모른다.

소유와 존재

우리는 완전히 완벽하다. 우리는 불행하게도 완전히 완벽
한 존재로 태어난다. 완전한 탓에 점점 자신을 잃어가는 운
명이 불행한 이유이다. 무엇을 사고 얻고 소유해야 완전해
진다는 것은 하나의 미신이다. 이미 완벽하다는 개념은 동
양 철학, 특히 불교와 도교에서 자주 등장한다. 선불교에서
는 '본래면목(本來面目)'이라는 개념이 있다. 모두가 깨달은 상
태로 태어났다는 것을 의미한다. 해야 할 일은 그 사실을
'깨닫는' 것뿐이다.

서양의 철학자 장 자크 루소도 비슷한 생각을 했다. 그는
인간이 본래 선하고 자유로운 존재라고 믿었다. 사회와 문
명이 발달하면서 이 본성을 잃어버렸다고 보았다.

현대 소비주의 사회에서 '무언가를 사고, 얻어야 완전해
진다'라는 생각은 정말 강력한 미신이 되었다. 광고와 미디

어는 끊임없이 '부족함'을 느끼게 하고, 그것을 채우기 위해
소비해야 한다고 부추긴다.

끝없는 추구는 오히려 우리를 불행하게 만들 수 있다. 심
리학자 에리히 프롬은 이를 '소유 지향'이라고 불렀고, 이와
대비되는 '존재 지향'의 삶을 제안했다. 존재 지향적 삶은
물질적 소유에 의존하지 않고, 내면의 성장을 통해 삶의 의
미를 찾는 방식이다. 현재의 순간을 살아가며, 자기의 능력
을 생산적으로 사용하고, 타인과의 관계를 중시하는 방식이
다. '가지는' 것보다 '있는 그대로' 존재하는 것에 초점을 맞
추는 삶이다.

"정말 뭔가를 더해야만 완전해지는 걸까? 아니면 우리는
완전하고, 단지 그 사실을 잊고 있는 것은 아닐까?"

이런 관점은 삶을 크게 바꿀 수 있다. 끊임없는 추구와 소
비 대신, 현재의 자기를 있는 그대로 받아들이고 감사하는
삶. 그것이야말로 행복으로 가는 길일지도 모른다.

한적한 어촌 마을에 매일 오후 일찍 고기잡이를 마치고
돌아오는 어부가 살았다. 그는 항상 미소를 지으며 가족과
시간을 보냈다.

어느 날, 한 사업가가 휴가 차 이 마을에 왔다. 사업가는
어부가 일찍 돌아오는 것을 보고 무언가 궁금해졌다. 속으

로는 어리석다고 생각하고 있었다.

"왜 이렇게 일찍 돌아오시나요? 물고기를 더 잡을 수 있을 텐데요?" 사업가가 물었다.

어부가 대답했다. "지금 잡은 것으로 가족이 먹고살기에 충분합니다."

사업가가 제안했다. "좀 더 오래 일하면 돈을 많이 벌 수 있잖아요? 그 돈으로 큰 배를 여러 척 살 수도 있고."

"그러면 어떻게 되나요?" 어부가 물었다.

"몇 년 후에는 작은 어업 회사를 차릴 수 있을 거예요. 결국에는 대기업을 만들 수 있겠죠. 큰돈을 만질 수 있어요."

"그리고 그다음엔요?" 어부가 다시 물었다.

"그러면 은퇴해서 해변에서 가족과 함께 여유롭게 시간을 보낼 수 있겠죠."

어부는 미소 지으며 말했다. "하지만 저는 지금 이미 그렇게 살고 있답니다."

사업가는 어떤 말도 할 수 없었다. 어부의 단순하지만 행복한 삶을 보며 깊은 생각에 잠길 뿐이었다.

세상은 광기 속에 더, 더, 더를 다그친다. 간단한 질문 몇 가지로 그 광기는 사라진다. 우리가 추구하는 것이 오래전부터 우리 곁에 있을 수 있으며, 단순한 삶이 더 큰 만족과 행복을 가져다줄 수 있다는 것을.

멈춤은 나를 현재의 순간으로 데려온다. 과거의 후회나 미래의 불안에서 벗어나, 지금 이 순간을 온전히 경험하게 해준다. 우리의 존재 자체를 더욱 충만하게 만든다. 끊임없는 자극과 소음에 둔감해진 감각이 다시 깨어나, 작은 것에서도 아름다움과 경이로움을 발견할 수 있게 되는 것이다.

완전함이란 무언가를 더하는 것이 아니라, 오히려 불필요한 것들을 덜어내는 일이다. 멈춤을 통해 그동안 옭아매던 불필요한 생각들, 욕망들, 집착들을 하나씩 내려놓을 수 있다.

그래서 멈춤은 휴식이 아니다. 그것은 나를 완전함으로 인도하는 길이자, 그 자체로 완전함을 경험하는 방법이다. 멈춤 속에서 완전하다는 진리를 깨닫고, 그 깨달음에서 진정한 자유와 평화를 찾을 수 있을 것이다.

소유가 아닌 존재해야 한다.

우리는 물건이 아니기 때문이다.

'존재'와 '소유'의 차이는 사회에서 자주 잊어버리는 중요한 개념이다. 우리는 자신을 '가진 것'으로 정의하려 한다. 어떤 차를 타는지, 어떤 집에 사는지, 어떤 직함을 가졌는지로 가치를 매기려 한다.

우리는 물건이 아니다. 살아있는, 숨 쉬는, 느끼는 존재다. 나의 가치는 소유물로 측정될 수 없다. 아이러니하고 슬픈 운명을 말하자면, 인간이란 소유로서 완전해 질 수 없는 존재라는 점이다. 아무리 많이 가져도 존재가 충족되지 않는다. 단 1%도. 우리가 하나의 존재이기 때문이다.

'존재한다'라는 것은 현재에 충실히 살아간다는 의미다. 지금 이 순간을 온전히 경험하고, 감정을 생생히 느끼며, 주변 세계와 진정으로 연결되는 것이다. 물건을 소유하는 것과는 비교할 수 없는 충만한 만족감을 준다.

더욱이 '존재'에 초점을 맞추면 더 자유로워진다. 소유에 집착하면 오히려 그것에 종속되기 쉽다. 하지만 내가 누구인지, 어떻게 살아가고 싶은지에 집중하면 진정한 자유를 경험할 수 있다.

'존재'의 관점은 관계를 성숙하게 한다. 다른 사람을 '소유'하려 하지 않고, 있는 그대로 받아들이고 존중하게 된다. 더 깊은 의미 있는 인간관계로 이어진다.

'존재'에 초점을 맞추는 삶은 만족과 행복으로 이끈다. 끊임없이 무언가를 얻으려 애쓰는 대신, 이미 있는 풍요로움을 발견하게 된다.

이러한 통찰은 중요한 질문을 던진다. "나는 무엇을 '가진' 사람으로 살아갈 것인가, 아니면 어떤 사람으로 '존재'할 것인가?" 이 질문에 대한 자신의 답변이 삶의 질을 결정할 것이다.

대화의 시작

삶은 끊임없는 자아 탐험의 여정이다. 그 여정의 중심에
는 마음과 대화를 나누는 신비로운 순간이 있다. 인사이드
아웃의 세계처럼, 내면에는 다양한 감정들이 살아 숨 쉬고
있다.

우리는 '좋은' 감정만을 인정하려 한다. 기쁨, 행복, 만족
같은 긍정적인 감정들만이 자기라고 생각하지만, 그것은 착
각이다. 슬픔, 분노, 두려움도 우리 일부다.

이 과정에서 중요한 것은 자기 자신에 대한 태도다. 우리
는 자신에게 가장 가혹한 판관이 되곤 한다. 하지만 내면의
아이와 대화할 때는 연약한 꽃봉오리를 다루듯 조심스럽고

따뜻하게 접근해야 한다. 나의 결점이나 실수를 발견했을 때도 비난하기보다는 이해와 용서의 눈길로 바라보아야 한다. 내면의 아이와의 대화는 독백이 아니다. 그것은 모든 감정, 생각, 경험들과 나누는 심오한 교감이다.

내면과의 대화는 끊임없는 연습이 필요하다. 매일 조금씩 시간을 내어 감정에 귀 기울이고, 그 감정의 근원을 찾아가는 노력이 필요하다. 정원을 가꾸는 일과 같다. 꾸준한 관심과 사랑으로 돌볼 때 내면은 아름답게 꽃피우게 될 것이다.

가까워지기

내면 아이와의 교감은 인내심이 필요하다. 수십 년간 한 집에 살면서 모른 채 남남처럼 살아오던 존재들이 만났는데, 하루아침에 서로를 알아보고 대화할 수는 없는 것이다. 오랜 시간 닫혀있던 방의 문을 조금씩 여는 것과 같다. 처음에는 어색하고 불편할 수 있지만, 시간이 지나면서 서서히 서로를 이해하고 받아들이게 된다.

이 과정에서 자주 실수하게 될 것이다. 때론 성급하게 접근하여 내면의 아이를 놀라게 할 수도 있고, 너무 소극적이어서 대화의 기회를 놓칠 수도 있다. 하지만 이 모든 것이 학습임을 기억해야 한다. 완벽할 필요는 없다. 중요한 것은 꾸준히 시도하고, 실수로부터 배우는 자세다.

내면 아이와 조금씩 가까워질수록 내면 아이가 점점 많은 말을 할 것이다. 그전까지는 가까워지는 과정이 필요하다. 중요한 건 대화를 시작했다는 것이다. 오랜만에 만난 옛 친구와 어색한 침묵을 깨고 첫 말을 건넨 것처럼 말이다.

처음에는 무뚝뚝하고 말이 없을 수 있다. "네가 누구야?"라며 의심의 눈길을 보낼지도 모른다. 하지만 걱정하지 말자. 내면 아이는 그저 수십 년간의 외면으로 인한 서운함을 쌀쌀맞게 표현할 뿐, 사실 수다쟁이 본능을 숨기고 있다.

점차 대화가 무르익으면, 내면 아이는 오랜 침묵을 보상받으려는 듯 끊임없이 말을 쏟아낼 것이다. "그때 그 일은 이랬고, 저 때 저 일은 저랬어!"라며 인생의 숨겨진 에피소드를 술술 풀어낼 것이다.

"어머, 내가 그런 생각을 했었다고?" 하며 놀랄 수도 있고, "아, 그래서 내가 그때 그랬던 거구나" 하며 깨달음을 얻을 수도 있다. 타임머신을 타고 과거로 돌아가 자신을 관찰하는 것과 같은 신비로운 경험이 될 것이다.

내면 아이와의 대화는 때로 우리를 웃게 할 것이다. 어린 시절의 순수한 꿈과 엉뚱한 생각들, 지금 보면 우스운 고민을 들으며 미소 짓게 된다. "그래, 나도 한때는 저렇게 순수했지"라고 생각하면서 말이다.

동시에 이 대화는 우리를 지혜롭게 만든다. 내면 아이의 순수한 시각은 때로 우리가 잃어버린 진실을 일깨워줄 것이다. 복잡한 어른의 사고방식으로는 보지 못했던 단순하지만 중요한 삶의 진리를 발견하게 될 수도 있다.

내면 아이와의 대화는 자신과의 대화다. 그동안 무시해왔던, 혹은 잊고 있었던 나의 일부와 재회하는 것이다. 이 과정을 통해 온전한 자아를 만들어갈 수 있다.

그러니 내면 아이와의 대화를 두려워하지 말자. 오히려 흥미진진한 모험이라고 생각하자. 누구나 자신 안에 숨겨진 이야기의 보고를 가지고 있다. 그리고 그 이야기의 주인공은 바로 당신 자신이다. 자, 이제 귀를 기울여보자. 당신의 내면 아이가 무슨 말을 하고 싶어 하는지.

유명한 심리학자 칼 융도 내면 아이를 만났다. 융은 중년에 들어서 위기를 겪으며 자기 내면과 마주하는 시간을 가졌다. 그는 '능동적 상상'이라는 기법을 개발했는데, 의식적으로 내면의 이미지와 대화를 나누는 방법이었다.

융이 내면 아이와 대화를 시작한 것은 1913년경이었다. 당시 38세였던 융은 프로이트와 결별한 후 심각한 정신적 위기를 겪고 있었다. 그는 무의식을 탐구하기 위해 매일 시간을 내어 '능동적 상상'이라는 기법을 실천했다. 여기서 융은 내면에서 여러 인물을 만났는데, 그중 가장 중요한 인물이 바로 '필레몬'이었다. 필레몬은 긴 회색 수염을 가진 노인의 모습으로 나타났으며, 때로는 날개를 가진 모습으로 등장했다.

융은 필레몬과의 대화를 통해 많은 통찰을 얻었다. 필레몬은 융에게 생각이란 것이 내가 만들어내는 것이 아닌 그 자체로 독립적인 생명을 가진 존재라는 개념을 가르쳐주었다. 후에 융의 '집단무의식' 이론 발전에 큰 영향을 미쳤다.

융은 이를 매우 진지하게 받아들였다. 그는 대화를 상세히 기록했고, 심지어 만다라 그림을 그리며 이 내면의 흐름을 시각화하기도 했다. 이 그림들은 후에 '붉은 책'이라는 이름으로 출판되었다. 이 일은 융에게 쉽지 않았다. 그는 자신의 정신 상태에 대해 의심했고, 정신병에 걸린 것은 아닌지 걱정했다. 하지만 그는 이 경험을 통해 내면세계를 이해하고 통합하는 법을 배웠다.

융의 이 경험은 내면 아이와의 대화가 상상 놀이가 아니라, 자기 이해와 성장으로 이어질 수 있는 진지한 탐구임을 보여준다. 그의 방법은 오늘날 많은 심리치료사에 의해 다양한 형태로 활용되고 있으며, 개인의 성장과 치유에 큰 도움을 주고 있다.

내면 아이 이야기

이번에는 버지니아 사티어(Virginia Satir)의 '가족 조각' 기법에 관한 이야기이다. 사티어는 가족 치료사로, 그녀의 접근법은 내면 아이와의 소통을 중요하게 여겼다.

사티어는 내담자들이 자신의 가족 구성원들을 대표하는 사람들을 공간에 배치하고, 각 인물의 입장이 되어 대화를 나누는 '가족 조각' 기법을 개발했다. 이 과정에서 내담자들은 본인의 어린 시절 모습, 즉 내면 아이와 마주하게 된다.

한 번은 사티어가 심각한 우울증을 앓고 있는 중년 여성과 상담할 때의 일이었다. 이 여성은 가족 조각을 통해 자신의 어린 시절 모습을 마주하게 되었고, 그 어린아이가 얼마나 외롭고 두려워했는지를 처음으로 깨달았다.

사티어는 이 여성에게 어린아이에게 다가가 안아주고, 위로의 말을 해주도록 안내했다. 처음에는 어색해하던 여성은 자기의 어린 모습을 포용하면서, 그동안 억눌렸던 감정들이 폭포수처럼 쏟아져 나왔다.

이 경험으로 여성은 내면 아이를 인정하고 사랑하는 법을 배웠고, 그녀의 우울증 치료에 결정적인 전환점이 되었다.

그녀는 자신을 더 이해하고 사랑하게 되었고, 우울증 증상도 크게 개선되었다.

사티어의 이 접근법은 내면 아이와의 대화가 마음속으로 하는 상상이 아니라, 실제로 행동으로 옮기고 체험하는 것의 중요성을 보여준다. 우리의 몸과 마음, 감정을 모두 포함하는 총체적인 경험임을 시사한다.

이 이야기는 내면 아이와의 소통이 과거를 회상하는 것을 넘어, 현재의 내가 과거의 나를 치유하고 통합하는 도구가 될 수 있음을 말한다. 자신의 내면 아이를 돌보는 법을 배울 때, 건강하고 행복한 삶을 살 수 있다는 희망을 준다.

유명한 작가이자 영성 지도자인 에크하르트 톨레(Eckhart Tolle)는 그의 저서 "지금 이 순간을 살아라(The Power of Now)"에서 내면 아이와 만난 강렬한 경험을 공유했다.

톨레는 29세 때 극심한 우울증과 불안으로 고통받고 있었다. 어느 날 밤, 그는 평소처럼 괴로워하며 잠들지 못하고 있었다. 그때 갑자기 "나는 나 자신을 견딜 수 없어"라는 생각이 들었고, 이어서 놀라운 깨달음이 찾아왔다.

그는 '나'라는 존재가 두 개로 나뉘어 있음을 깨달았다. 하나는 "견딜 수 없는" 자아이고, 다른 하나는 그것을 견디지 못하는 자아였다. 이 순간 톨레는 자신의 본질이 이 두 자아 중 어느 것도 아니라는 것을 깨달았다.

이 경험을 통해 톨레는 내면에 있는 '관찰자'의 존재를 발견했고, 그의 내면 아이를 포함한 모든 내적 경험을 바라보는 새로운 관점을 가지게 되었다. 그는 고통받는 내면 아이를 판단하거나 거부하지 않고, 그저 관찰하고 받아들이는 법을 배웠다.

이 깨달음은 톨레의 삶을 완전히 변화시켰다. 그는 내면의 고통에서 벗어나 평화를 찾았고, 이후 전 세계 많은 사람에게 영감을 주는 영성 지도자가 되었다.

톨레의 이야기는 내면 아이와의 대화가 본질적인 존재에 대한 깊은 통찰로 이어질 수 있음을 보여준다. 그의 경험은 내면 아이를 받아들일 때, 내적 평화와 자유를 경험할 수 있다는 것을 시사하고 있다.

이번에는 심리학자이자 작가인 줄리아 카메론(Julia Cameron)의 이야기다. 카메론은 "아티스트 웨이(The Artist's Way)"라는 책에서 '모닝 페이지'라는 기법을 소개한다.

모닝 페이지는 매일 아침 깨어나자마자 3페이지 분량의 자유연상 글쓰기를 하는 방법이다. 카메론 자신도 이 기법을 통해 내면 아이를 만났다. 그녀는 알코올 중독에서 회복하는 과정에서 모닝 페이지를 시작했는데, 처음에는 머릿속을 비우는 수단이었지만, 점차 내면 깊숙한 곳과 연결되는 경험을 하게 되었다.

어느 날 카메론은 모닝 페이지를 쓰던 중 갑자기 어린 시절의 자기가 떠올랐다. 그 어린 줄리아는 두려워하고 있었고, 사랑과 인정을 갈구하고 있었다. 카메론은 페이지를 통해 그 어린아이와 대화를 나누기 시작했고, 그 과정에서 중독 문제의 근원을 이해하게 되었다.

그녀는 이 경험을 바탕으로 많은 사람들에게 모닝 페이지 기법을 가르치게 되었고, 이를 통해 수많은 사람이 본인의 내면 아이와 만나는 경험을 했다.

이 방법은 누구나 쉽게 시도해볼 수 있는 방법이라는 점에서 특별하다. 펜과 종이만 있다면 내면 아이와 만날 기회를 가질 수 있다는 것, 그리고 그 과정에서 자기를 새롭게 이해하고 치유할 수 있다는 희망을 준다는 것이다.

또 다른 이야기의 주인공은 심리학자 존 브래드쇼(John Bradshaw)다. 브래드쇼는 "내면의 아이 치유하기(Homecoming: Reclaiming and Championing Your Inner Child)"라는 책에서 '내면 아이 작업'의 중요성을 강조한다.

브래드쇼는 본인의 알코올 중독과 가족 문제를 해결하는 일에서 내면 아이 작업의 힘을 경험했다. 그는 '시각화' 기법으로 내면 아이와 소통하는 방법을 개발했다.

이 방법은 편안한 상태에서 눈을 감고 어린 시절 모습을 상상하는 것으로 시작한다. 브래드쇼는 내담자들에게 그 어린아이에게 다가가 대화를 나누고, 안아주고, 위로해주도록 안내한다.

한 번은 심각한 자존감 문제로 고통받던 중년 남성과 상담할 때의 일이었다. 이 남성은 시각화를 통해 5살 때 모습을 만났고, 그 어린아이가 얼마나 외롭고 두려워했는지를 처음으로 깨달았다.

브래드쇼는 이 남성에게 어린아이를 안아주고, "넌 충분히 좋은 아이야. 넌 사랑받을 자격이 있어"라고 말해주도록 안내했다. 이 과정에서 남성은 눈물을 흘리며 커다란 감정적 해방을 경험했고, 그의 자존감 회복에 큰 전환점이 되었다.

이러한 접근법은 내면 아이를 만나고 대화하는 것을 넘어, 실제로 그 아이를 보살피고 양육하는 역할을 할 수 있다는 것을 보여준다. 자신의 부모가 되어 과거에 충족되지 못했던 정서적 욕구를 채워줄 수 있다는 메시지를 전달한다.

이 이야기는 내면 아이와의 대화가 회상이나 대화가 아니라, 실제적인 정서적 치유와 성장의 길이 될 수 있음을 보여주고 있다.

이번에는 프리츠 펄스의 '빈 의자 기법'에 관한 이야기다.

'빈 의자 기법'은 내면 아이와 관련된 치료 방법이다. 이 기법은 게슈탈트 치료의 창시자인 프리츠 펄스(Fritz Perls)가 개발했다. 빈 의자 기법은 내면의 대화를 외부로 끌어내는 도구로 사용된다.

이 방법은 이렇게 진행된다.

내담자 앞에 빈 의자를 놓고, 그 의자에 내면 아이가 앉아 있다고 상상하게 한다. 그리고 그 아이와 대화를 나누는 것이다. 때로는 내담자가 의자를 바꿔가며 '현재의 자신'과 '내면 아이'의 역할을 번갈아 맡기도 한다. 여기서 많은 사람들이 놀라운 경험을 하게 된다. 자기도 몰랐던 감정이나 욕구가 표출되기도 하고, 오랫동안 가지고 있던 갈등이 해소되기도 한다.

한 번은 펄스가 심각한 완벽주의로 고통받는 여성과 상담할 때의 일이었다. 펄스는 이 여성에게 한 의자에는 현재의 자신이, 다른 의자에는 어린 시절의 자신이 앉아있다고 상상하도록 했다.

처음에 현재의 자아 역할을 할 때, 이 여성은 내면 아이를 비난하고 질책했다. "너는 왜 그렇게 부족하니? 더 열심히

해야 해!"라고 말했다. 그러나 의자를 바꿔 내면 아이 역할을 할 때, 그녀는 갑자기 울음을 터뜨렸다. "나는 그저 사랑받고 싶었을 뿐이에요. 완벽해야만 사랑받을 수 있다고 생각했어요."

이 순간 여성은 자신의 완벽주의가 사실은 어린 시절의 조건적 사랑에 대한 반응이었음을 깨달았다. 펄스는 그녀에게 다시 현재의 자아 역할로 돌아가 내면 아이를 위로하고 무조건적인 사랑을 표현하도록 안내했다.

이 경험을 통해 여성은 완벽주의의 근원을 이해하게 되었고, 스스로를 자비롭게 대하는 법을 배웠다. 그녀의 삶에 큰 변화를 가져왔고, 완벽주의로 인한 스트레스가 크게 줄어들었다.

펄스의 빈 의자 기법은 내면 아이와의 대화를 구체적이고 체험적인 방식으로 실현할 수 있게 해준다. 우리가 내면의 갈등을 외재화하고, 다양한 내적 목소리들 사이의 대화를 촉진함으로써 더 나은 자기 이해와 통합을 이룰 수 있음을 보여준다.

처음에는 이상하게 느껴질 수 있다.

나에게 말을 건다고?

내가 미친 것인가?

어떻게 내가 나에게 말을 걸지? 혼잣말하고 다니는 사람을 우리는 의심의 눈초리로 본다. 그런데 그러한 마음과 대화를 하라고 하면, 이상하게 생각되는 게 당연하다.

하지만 생각해보면, 우리는 이미 매일 자신과 대화하고 있다. 머릿속으로 계획을 세우고, 결정을 내리고, 때로는 질책하거나 격려하는 내적 대화를 끊임없이 하고 있지 않은가? 내면 아이와의 대화는 단지 이러한 대화를 좀 더 의식적이고 구조화된 방식으로 하는 것일 뿐이다.

나의 경우 대화를 시도했을 때 아무런 대답도 듣지 못했다. 며칠 동안 꾸준히 기다렸다. 말을 걸고 가만히 있었다. 심술이 난 것처럼 처음에는 어떠한 반응도 없었다. 그럼 그렇지, 내면 아이란 게 있을 수 없어. 라고 생각하면서.

그래도 꾸준히, 인내심을 갖고 나 자신을 향해 따뜻하고 자상한 목소리로 말을 건넸다. 이름을 부르고, 사소하고 가벼운 이야기를 건넸다. 한 달이 넘는 시간이 지나서야 비로소 무언가를 느끼기 시작했다.

실제 목소리가 들리는 것이 아니다. 진짜 목소리가 들린다면…… 안 좋다. 내면 아이와의 대화는 느낌이다. 이 모든 건 내면의 감수성을 끌어올려 느낌을 하나의 언어로써 받아들이는 훈련이다. "맛있는 거 먹고 싶은데, 우리 뭐 먹을까?"라는 말에 초코 케이크나 치즈 케이크의 식감, 냄새, 먹었을 때의 분위기, 함께한 사람과의 추억, 대화, 기분, 이러한 느낌들이 뒤섞이거나 일부만 느껴진다. 쉽게 설명할 수 없지만 분명한 느낌으로 전해진다. 이것이 바로 내면 아이의 목소리다. 대화를 자주 하면 이러한 느낌을 잘 해석할 수 있게 된다.

이렇게 내면 아이와의 소통은 쉽지 않다는 걸 알아야 한다. 하지만 이름을 부르면 내면 아이라는 존재는 반드시 그걸 듣고 있다는 것도 알아야 한다. 반드시 듣고 있으니 실망하지 말고 기다리자. 그동안 해야 할 일은 지치지 않는 것. 그리고 따뜻함을 잃지 말아야 한다는 것이다. 차가운 목소리에 내면 아이는 얼어붙어 버리니까.

오래된 라디오를 켜는 것과 비슷하다고 할 수 있겠다. 처음에는 잡음만 들리고 아무 소리도 나지 않는다. "이거 고장 났나?" 하고 의심할 때쯤, 어렴풋이 작은 소리가 들리기 시작한다. 우리의 내면 아이도 그렇다. 오랫동안 무시당하고 억눌려 있었기에, 갑자기 누군가가 말을 걸어온다고 해서 바로 대답할 리가 없다.

일종의 언어 학습과도 같다. 처음에는 서로의 말을 이해하지 못하고 어색하기만 하다. 하지만 꾸준히 시도하다 보면, 어느새 유창하게 대화를 나누고 있는 자신을 발견하게 될 것이다.

이 과정에서 유머 감각을 잃지 않는 것도 중요하다. 때로는 내면 아이가 엉뚱한 대답을 할 수도 있다. 그럴 때 웃으며 받아들일 수 있는 여유가 필요하다. "아, 네가 그렇게 생각했구나. 참 재미있는 생각이야!"라고 말해줄 수 있어야 한다.

내면 아이와의 대화는 자신과 친구가 되는 길이다.

오랜만에 만난 지인과 어색해하다가 점차 친밀해지는 것처럼, 내면과 그렇게 친구가 되어갈 수 있다. 그리고 이 우정이 깊어질수록 더 온전하고 행복한 삶을 살 수 있게 될 것이다.

마음 초상화

 이제 한 단계 나아가 내면 아이의 모습을 시각화해야 한다. 대화를 하다보면 자연스럽게 모습이 떠오른다. 자신의 어릴 적 모습일 수 있고, 사랑하는 사람의 모습일 수 있다. 부모님이나 자식이나 스승일 수도 있다. 시간이 지나며 다른 모습으로 바뀔 수도 있다. 중요한 건 자연스럽게 떠오르는 이미지를 받아들이라는 것이다.

 이 과정은 영화 '인사이드 아웃'에서 라일리의 감정들이 의인화되어 나타나는 것과 비슷하다. 우리의 내면에는 수많은 목소리와 감정들이 공존하고 있다. 내면 아이를 시각화하는 것은 이러한 복잡한 내적 풍경을 좀 더 구체적으로 마주하는 방법이다.

내면 아이의 모습을 구체화할수록, 자신의 내면세계를 더욱 선명하게 이해하게 된다. 흐릿한 거울을 닦아내어 점점 선명한 자기의 모습을 보게 되는 것과 같다.

나는 아침에 일어나자마자 내면 아이에게 인사를 건넨다. 그리고 얼굴 가까이 가져가 코를 부비며 사랑한다고 말한다. 오늘도 나와 함께 해 달라고 부탁한다. 고민이 있을 때 털어놓으면 내면 아이는 깨달음을 주기도 한다. 즐거울 때면 함께 웃는다. 산책할 때면 함께 손을 잡는 상상을 하기도 한다. 나의 매 순간은 내면 아이와 함께다. 언제나 조언을 구하고, 희로애락을 나의 내면 아이와 함께한다. 나는 그고, 그는 나다. 우린 언제나 함께하고 있다.

이러한 일상적인 교감은 '인사이드 아웃'의 감정들이 라일리의 일상을 함께하는 것과 같다. 내면 아이와의 지속적인 소통은 감정과 생각을 섬세하게 인식하고 이해하는 데 도움을 준다. 상상의 놀이를 넘어선 자신의 내면세계와 적극적으로 소통하는 중요한 과정이다.

즐거운 순간을 함께 나누는 것은 삶의 기쁨을 풍성하게 만든다. 내면 아이와 함께 웃고 즐기는 것은 행복을 두 배로 만드는 동시에 그 순간을 더욱 깊이 있게 체험하고 기억하게 해준다.

산책하며 내면 아이와 손을 잡는 상상은 자기 위로와 지지의 형태다. 내가 혼자가 아니며, 언제나 내면의 힘과 지혜를 활용할 수 있다는 것을 상기시켜준다. 특히 어려운 상황에서 이러한 상상은 큰 위안과 용기를 준다.

인사이드 아웃의 라일리와 감정들이 있는 감정 본부를 향해 내가 말을 거는 것이다. 그리고 그 모습을 적극적으로 상상하는 것이다. 그러다 보면 내 마음의 풍경까지 알게 된다. 라일리의 마음속 풍경처럼, 내 마음의 감정들과 기억들이 만들고 있는 마음의 구체적인 모습까지 상상할 수 있게 된다.

상상은 환상에 그치지 않는다. 우리가 상상하는 내면의 풍경은 실제 심리적 현실을 반영하고 있을 가능성이 높다. 상상하는 감정 본부의 모습이 밝고 활기차다면 현재 정신 상태가 긍정적이고 건강하다는 것을 의미한다. 반대로 어둡고 혼란스러운 모습이라면, 현재 겪고 있는 내적 갈등이나 스트레스를 반영하고 있을 수 있다.

상상을 통해 내면의 갈등을 시각화하고, 이를 해결하는 방법을 모색할 수 있다. 영화에서 기쁨과 슬픔이 협력하여 라일리를 돕는 것처럼, 우리도 상상 속에서 서로 대립하는 감정들을 조화롭게 만들어갈 수 있다.

영화에서 기억 구슬이 여러 감정의 색으로 물들듯이, 기억도 다양한 감정과 연결되어 있다. 이를 시각화함으로써, 과거의 경험을 새로운 관점에서 바라보고 재해석할 수 있게 된다. 상상하는 내면의 모습은 우리가 지향하는 이상적인 심리 상태를 반영한다. 이를 구체적으로 그려나가는 것은 실제 그러한 상태에 도달하기 위한 청사진이 된다. 즉, 상상은 현실을 만들어가는 창조적 과정의 시작점이 되는 것이다.

삶에 일어나는 사건들도 그 자체로는 좋거나 나쁘다고 단정 짓기 어렵다. 내가 그 사건을 어떻게 받아들이고 해석하느냐에 따라 그 의미가 달라진다.

갑작스러운 해고는 처음에는 큰 불행으로 느껴질 수 있다. 하지만 이것이 새로운 기회의 시작이 될 수도 있고, 자신의 열정을 찾는 계기가 될 수도 있다. 반대로 승진이 좋은 일이라고 여겼지만, 이로 인해 삶의 균형이 깨지고 스트레스가 증가할 수도 있다.

삶의 사건들은 여러 가능성을 동시에 지니고 있다. 그 사건을 어떤 관점으로 바라보고, 어떻게 대응하느냐에 따라 그 의미와 결과가 달라진다.

일체유심조(一切唯心造)

모든 것은 마음먹기에 달려있다.

행인지 불행인지는 결정되지 않는다.

그것을 어떻게 바라보느냐에 모든 게 달려있다.

따라서 어떤 일이 일어났을 때, 즉각적으로 그것을 좋거나 나쁘다고 판단하기보다는, 열린 마음으로 그 사건이 가져올 다양한 가능성을 고려해보는 것이 중요하다. 이러한 태도는 삶의 예기치 못한 변화에 더 유연하게 대처할 수 있게 해주며, 어떤 상황에서도 긍정적인 측면을 찾아낼 수 있는 능력을 키워줄 것이다.

내면 아이 그리기

내면 아이의 시각화에 관련된 이야기로는 프리다 칼로(Frida Kahlo)의 예술 작품과 그녀의 삶을 들 수 있다. 칼로는 20세기 멕시코의 저명한 화가로, 그녀의 작품은 내면의 감정과 경험을 강렬하고 상징적인 이미지로 표현했다. 특히 그녀의 자화상들은 내면 아이의 시각을 독특하게 구현한 예로 볼 수 있다.

칼로의 삶은 어릴 때 앓은 소아마비와 18세 때 겪은 심각한 버스 사고로 인해 평생 육체적 고통에 시달렸다. 이러한 경험은 그녀의 예술 작품에 깊이 반영되었고, 그녀의 내면 아이의 목소리를 강하게 드러냈다.

그녀의 유명한 작품 "내 유모와 나"(1937)는 어린 프리다가 원주민 유모의 가슴을 빨고 있는 모습을 그렸다. 유모의 얼굴은 전통적인 멕시코 가면으로 가려져 있고, 어린 프리다는 성인의 얼굴을 하고 있다. 그녀의 내면 아이와 문화적 정체성, 그리고 양육에 대한 복잡한 감정을 표현하고 있다.

또 다른 작품 "두 명의 프리다"(1939)에서는 두 개의 자아를 그렸다. 하나는 멕시코 의상을 입은 프리다이고, 다른 하나는 현대적인 유럽 스타일의 옷을 입은 프리다. 이 두 자아는 손을 잡고 있으며, 서로의 심장이 혈관으로 연결되어 있다. 그녀의 내면에 존재하는 서로 다른 정체성과 그들 사이의 갈등, 그리고 조화를 표현하고 있다.

칼로의 작품들은 그녀의 내면 아이를 시각화하는 방법이었다. 그녀는 자신의 고통, 사랑, 상실, 정체성에 대한 고민을 캔버스에 담아냈고, 이를 통해 내면세계를 탐구하고 치유하려 했다.

프리다 칼로의 예는 내면 아이를 형상화하는 것이 예술적 표현의 형태가 될 수 있음을 보여준다. 그녀의 작품들은 내면의 복잡함을 시각적으로 표현함으로써 이해와 치유를 이끌어냈다.

이러한 접근은 예술 치료의 기본 원리와도 연결된다. 예술 치료에서는 내면의 감정을 시각적으로 표현하는 것이 자기 이해와 치유에 도움이 된다고 본다. 칼로의 작품은 이러한 과정의 예시가 되며 그 치유적 가치를 잘 보여준다.

아트 테라피(Art Therapy)에서 사용되는 "내면 아이 그리기" 기법은 내면 아이를 시각적으로 표현하는 방법이다. 이 기법은 언어적 표현을 넘어서 비언어적, 창조적 방식으로 내면 아이에게 접근한다.

이 과정에서 내담자는 내면 아이를 그림으로 표현하도록 안내받는다. 이때 특정한 나이의 자신을 그리거나, 추상적인 형태로 내면 아이의 감정이나 상태를 표현한다. 색깔, 형태, 크기, 위치 등 모든 요소가 의미를 가진다.

한 내담자가 작고 밝은색의 아이를 그림의 구석에 그렸다고 가정해보자. 내면 아이가 느끼는 취약함과 소외감을 나타낼 수 있다. 반면 다른 내담자는 큰 태양 같은 형태로 내면 아이를 표현할 수도 있는데, 내면의 활력과 잠재력을 상징할 수 있다.

그림이 완성된 후, 치료사는 내담자와 함께 그림을 탐색한다. "이 아이는 어떤 기분일까요?", "이 아이에게 필요한 것은 무엇일까요?", "당신은 아이에게 어떤 말을 해주고 싶나요?" 등의 질문을 통해 내담자는 내면 아이와 깊이 연결되고 대화할 수 있다.

내담자는 자기도 모르게 표현한 내면 아이의 모습을 통해 새로운 통찰을 얻는다. 때로는 언어로 표현하기 어려운 감정이나 욕구가 그림을 통해 드러나기도 한다.

또 다른 접근법은 "시간선 치료(Timeline Work)"이다. 이 기법에서는 내담자가 자신의 인생을 하나의 선으로 표현하고, 그 선 위에 중요한 사건들을 표시한다. 그리고 각 사건에서의 내면 아이의 모습을 상상하고 형상화한다.

학교에 입학한 시점, 부모님의 이혼, 첫 연애 경험 등 주요 사건들에서 내면 아이가 어떤 모습이었는지, 어떤 감정을 느꼈는지를 탐색한다. 내담자는 내면 아이가 어떻게 성장하고 변화해왔는지, 또 어떤 경험들이 현재의 자신에게 영향을 미치고 있는지를 이해할 수 있게 된다.

이러한 시각화 작업은 내면 아이를 과거의 한 시점에 고정된 존재가 아닌, 인생 전반에 걸쳐 존재하고 영향을 미치는 동적인 존재로 이해하게 해준다. 과거를 들여다보는 것에 머무르지 않고 현재의 나를 이해하고 미래를 향해 성장하는 길임을 보여준다.

불교의 자비명상(Metta Meditation) 또는 자애명상에서는 내면 아이를 시각화하는 방법을 사용한다. 이 명상법은 자신과 타인에 대한 사랑과 연민을 키우는 것을 목표로 한다.

이 명상에서는 먼저 자신에 대한 자비심을 키우는 것으로 시작하는데, 이때 내면 아이를 시각화한다. 명상자는 어린 시절의 모습을 마음속에 그린다. 특히 어려움을 겪었거나 위로가 필요했던 순간을 떠올린다.

명상자는 눈을 감고 학교에서 따돌림을 당했던 어린 시절의 자신을 상상할 수 있다. 그 아이의 모습, 감정, 주변 환경을 최대한 생생하게 떠올린다. 그리고 그 아이에게 다음과 같은 자비의 문구를 마음속으로 전한다.

"너는 안전하단다."

"너는 행복하기를."

"너는 건강하기를."

"너는 평화롭기를."

명상자는 내면 아이에 대한 짙은 연민과 사랑을 느끼게 되고, 점차 현재의 자신과 타인에 대한 자비심으로 확장된다.

이 접근법의 특징은 내면 아이를 과거의 존재로 보지 않고, 현재에도 우리 안에 살아있으며 사랑과 치유가 필요한 존재로 본다는 점이다. 이 일이 적극적인 사랑과 연민의 실천이라는 점도 주목할 만하다.

자비명상에서의 내면 아이 시각화는 심리 치료적 접근과는 달리, 문제 해결보다는 무조건적인 사랑과 수용에 초점을 맞춘다. 내면 아이를 '고쳐야 할 대상'이 아니라 '사랑받아야 할 존재'로 바라보게 해준다.

이러한 실천은 개인의 심리적 웰빙에서 나아가 영적인 성장과 깨달음의 길로 이어지기도 한다. 내면 아이에 대한 따스한 연민은 궁극적으로 모든 존재에 대한 보편적 사랑과 연민으로 확장될 수 있기 때문이다.

내면 아이와 영혼

문화인류학적 관점에서 내면 아이의 개념과 유사한 전통적 관습으로 북미 원주민들 사이에서 행해지는 '영혼 되찾기(Soul Retrieval)' 의식을 들 수 있다. 이 의식은 샤먼적 전통에 근거하며, 현대 심리학의 내면 아이 작업과 유사한 점이 많다.

이 전통에서는 트라우마나 어려운 경험으로 인해 영혼의 일부가 분리되어 떠나간다고 믿는다. 이 분리된 부분은 그 경험이 일어났을 때의 나이에 고정된 채로 남아있다고 여겨진다.

영혼 되찾기 의식에서 샤먼은 영적인 여행을 떠나 이 잃어버린 영혼의 조각들을 찾아 되돌려 온다. 이 일은 매우 시각적이고 상징적이다. 샤먼은 의뢰인의 어린 시절 모습을 '보고', 그 아이를 데리고 돌아오는 길을 묘사한다.

샤먼은 어두운 숲에서 겁에 질린 채 숨어있는 어린아이를 발견하고, 그 아이를 안심시키고 현재의 성인 자아로 데려오는 과정을 설명할 수 있다. 내담자가 자신의 잃어버린 부분, 즉 내면 아이를 재통합하는 것을 상징한다.

이 의식의 흥미로운 점은 개인의 내면세계를 탐험하는 것을 공동체적 의식의 형태로 수행한다는 것이다. 내면 아이의 회복이 개인의 문제에 국한되지 않고 공동체 전체의 관심사임을 나타낸다.

이 접근법은 내면 아이를 심리적 구조물이 아닌 실제적인 영적 존재로 다룬다는 점에서 독특하다. 내면 아이 작업에 심오한 의미와 중요성을 부여한다.

이러한 전통적 관습은 내면 아이의 개념이 현대 심리학의 발명품이 아니라, 인류의 오래된 지혜의 한 형태임을 보여준다. 내면 아이를 회복하는 일이 영적 차원에서도 의미가 있을 수 있음을 시사한다.

이 의식은 인간의 본질을 육체와 마음의 조합보다 더 확장된 개념으로 이해하며, 영적인 차원까지 포함하는 것으로 간주한다. 트라우마나 상처로 인해 분리된 영혼의 조각들을 찾아 되돌리는 일은 과거의 기억을 처리하는 것은 물론, 말 그대로 잃어버린 자아의 일부를 되찾는 신성한 여정으로 여겨진다.

샤먼은 이 의식에서 중재자 역할을 한다. 그들은 깊은 명상 상태에 들어가 영적인 세계로 여행을 떠난다. 이 여행에서 샤먼은 의뢰인의 잃어버린 영혼의 조각들을 찾아 나선다. 이 조각들은 어린아이의 모습으로 나타나는데, 현대 심리학에서 말하는 내면 아이와 매우 유사하다.

샤먼이 이를 발견하면, 그들은 부드럽게 다가가 안심시키고 설득한다. 여기서 샤먼은 그 조각이 떠나게 된 이유, 즉 원래의 트라우마나 상처에 대해 이해하게 된다. 그리고 이제는 안전하며, 돌아가도 된다는 것을 그 조각에게 알린다.

영혼의 조각들이 돌아오면, 샤먼은 이를 의뢰인의 현재 자아와 재통합시키는 의식을 진행한다. 상징적인 행위, 영혼의 조각을 의뢰인의 가슴이나 머리에 '불어넣는' 등의 방식으로 이루어진다.

이후에 의뢰인은 큰 온전함과 활력을 느끼게 된다. 오랫동안 잃어버렸던 자신의 일부를 되찾은 것 같은 느낌을 받는다. 심리적 위안을 넘어, 영적 경험이 되는 것이다.

이 전통은 내면세계가 얼마나 풍부하고 복잡한지, 그리고 그것을 시각화하는 것이 얼마나 큰 변화를 가져올 수 있는지를 보여준다.

일기, 클래식은 언제나 옳다

일기는 고전적이지만 확실한 효과를 보여주는 아름다운 소통 방법이다. 특히 자신의 내면과 나누는 대화를 기록하는 것은 더욱 그렇다. 내면의 아이와 대화를 나누는 일기를 쓰기 시작했을 때는 어색하고 부자연스러웠지만, 날이 갈수록 대화는 자연스러워졌다. 처음에는 표면적인 이야기들만 오가게 된다. 하지만 점차 깊은 감정과 숨겨둔 생각들이 모습을 드러내기 시작했다.

일기를 쓰면서 놀라웠던 것은 내 고민과 생각의 흐름이 보이기 시작했다는 점이다. 어두운 방에서 천천히 불을 밝히는 것과 같았다. 처음에는 희미하게 보이던 것들이 점점 또렷해지면서, 나는 내 삶의 지도를 그려나갈 수 있었다.

이 일을 통해 깨달은 것은 자신의 마음을 모르면 평생 방황하게 된다는 사실이다. 우리는 외부의 기준에 맞춰 살아가려 하지만 행복과 만족은 내면에서부터 시작된다.

내면의 아이와 나누는 대화는 때로는 격렬하고, 때로는 부드럽다. 그 대화 속에서 나는 내가 진정으로 원하는 것이 무엇인지, 어떤 삶을 살고 싶은지 조금씩 알아가고 있다. 퍼즐을 맞추는 것과 같다. 매일매일의 대화가 하나의 조각이 되어, 서서히 나라는 사람의 전체 그림을 완성해 나가는 것이다.

가장 중요한 것은 꾸준함이다. 하루 이틀의 대화로는 큰 변화를 느끼기 어렵다. 하지만 날마다 조금씩 꾸준히 대화를 나누다 보면 어느새 변화가 일어나 있음을 발견하게 된다. 그것은 나무가 자라는 것과 같아서, 날마다 보면 그 성장을 알아차리기 어렵지만 몇 달, 몇 년이 지난 후에는 놀라운 성장을 목격하게 되는 것이다.

내면의 아이와의 대화를 통해 나 자신을 사랑하는 법을 배우고 있다. 자기도취나 나르시시즘과는 다르다. 나르시시즘은 객관성이 결여된 상태지만, 대화는 거리감과 객관성이 중요하다. 오히려 자신을 있는 그대로 받아들이고, 그 속에서 성장의 기회를 찾는 것이다.

일기는 자기 성찰이자 관찰이다. 그리고 내면 아이와의 소통을 기록하는 일이다. 익숙해지면 마음속에서 언제나 자주, 가깝게 대화를 하지만 그전까지는 일기가 필요하다. 대화를 건네는 게 아니라, 작은 쪽지에 할 말을 적어서 건네주는 것이다. 그렇게 비밀 일기처럼 일기에 내면 아이와의 대화를 기록하는 것이다.

나와의 데이트

첫 데이트 전 거울 앞에서 연습하는 것처럼, 우리는 내면 아이와 대화하기 위해 일기장 앞에서 떨리는 손으로 펜을 든다. "안녕, 나야. 오늘 어땠어?"라고 시작하는 첫 문장은 십 대 시절 좋아하는 사람에게 보내는 쪽지만큼이나 어색하고 설렌다. 하지만 걱정하지 마시라. 내면의 아이는 당신의 가장 열렬한 팬이자 가장 너그러운 비평가니까.

고고학자가 되어 마음속 유적을 발굴하는 것과 같다. 무심코 던진 한 문장에서 놀라운 보물을 발견하기도 하고, 한참을 파 내려가도 먼지만 날리기도 한다. 하지만 걱정하지 말자. 당신의 내면은 인디아나 존스의 모험보다 훨씬 더 흥미진진한 이야기로 가득하다.

일기를 쓰다 보면 생각이 얼마나 재미있고 독특한지 깨닫게 된다. "오늘 아침에 양말을 신으면서 인생의 의미에 대해 생각했다"라는 문장을 적고 나면, 당신은 스스로가 얼마나 심오한 철학자인지 새삼 깨닫게 될 것이다. 소크라테스도 양말을 신으며 이런 생각을 했을까? 아마도 샌들이었겠지만 말이다.

내면의 아이와 대화를 나누는 것은 때로 황당한 영화의 한 장면 같기도 하다. 당신의 내면의 아이가 갑자기 "나 아이스크림 먹고 싶어!"라고 외치면, 어른인 당신은 "지금은 새벽 3시야. 내일 사 먹자"라고 답하게 된다. 이런 대화를 일기에 적다 보면, 마음속에 살고 있는 이 귀여운 반항아와 사랑에 빠지게 될 것이다.

단순한 진실을 말하고 싶다.

사람을 바꾸는 것은 사랑뿐이다.

일기를 통한 내면과의 대화는 타임머신을 타고 여행하는 것과 같다. 오늘의 당신이 과거의 당신에게 조언해주기도 하고, 미래의 당신이 현재의 당신을 응원하기도 한다. 당신은 닥터 후보다 더 대단한 시간 여행자가 된다. 단, 타디스 (영화에 나오는 우주선이자 타임머신) 대신 볼펜이 필요할 뿐이다.

이렇게 일기를 쓰다 보면, 당신은 자신의 마음이 얼마나 넓은지 깨닫게 된다. 거기에는 웃음도, 눈물도, 분노도, 기쁨도 모두 공존한다. 당신의 마음은 코미디, 드라마, 스릴러, 로맨스를 전부 아우르는 대작 시리즈인 셈이다.

일기를 쓰며 눈물을 흘리기도 하고, 폭소를 터뜨리기도 한다. 이런 당신의 모습을 본다면, 옆집 사람들은 아마도 당신이 미치광이 작가가 되었다고 생각할지도 모른다. 하지만 걱정하지 마시라. 당신은 그저 내면과 소통하는 법을 배우고 있을 뿐이다.

이러다 보면, 어느새 내면의 아이와 텔레파시로 소통할 수 있게 된다. 굳이 펜을 들지 않아도, 마음속으로 대화를 나눌 수 있게 되는 것이다. 초능력자가 된 것 같은 기분을 선사한다. 단, 이 능력을 이용해 로또 번호를 맞히려 하지는 말자. 내면의 아이는 숫자에 약하다.

일기를 통한 내면과의 대화는 자신을 이해하고 사랑하는 효과적인 방법이다. 비밀 요원이 되어 마음속 미스터리를 해결해나가는 것과 같다. 제임스 본드도 이런 임무는 수행해보지 못했을 것이다.

그러니 오늘부터 해보자. 펜을 들고 당신의 내면과의 대화를 시작하라. 곧 자신이 얼마나 재미있고, 독특하며, 사랑스러운 존재인지 깨닫게 될 것이다. 그리고 이 여정이 끝날

즈음, 당신은 스스로 말하게 될 것이다. "와, 내가 이렇게 멋진 사람이었다니!"

길을 아는 것과 길을 걷는 것의 차이

해보기 전에는 알 수 없다. 대화 일기도 마찬가지다. 어떨 것이라고 예상하는 것과, 실제로 해보는 것은 하늘과 땅만큼 차이가 크다. 길을 아는 것과 길을 걷는 것의 차이만큼이나. 길에 대해 안다고 떠드는 자가 되지 말고, 길을 직접 걷는 자가 되어야 한다.

우리는 머릿속으로 상상하는 것만으로 충분하다고 착각한다. 하지만 실제로 펜을 들고 내면과 대화를 할 때 비로소 여정이 시작된다. 그 순간 미지의 영역으로 발을 내딛는 것이다.

대화 일기는 고요한 호수 위를 걷는 것과 같다. 신비하고 놀라우며 아름답다. 처음에는 불안정하고 어색하지만, 한 걸음 한 걸음 내디딜 때마다 깊은 내면과 조금씩 가까워진다. 물결이 일렁이듯 감정이 흐르고, 그 속에서 참모습을 만나게 된다.

이 여정은 때로는 고통스럽고, 때로는 기쁨으로 가득 차 있다. 산을 오르는 것처럼, 숨이 가쁘고 힘들 때도 있지만 정상에 올랐을 때의 그 탁 트인 전망은 그 모든 노력을 보상하고도 남는다. 내면 또한 그러한 아름다운 풍경을 품고 있다.

일기를 통해 생각과 감정을 객관화하는 법을 배운다. 거울을 보듯, 나의 모습을 있는 그대로 바라보게 된다. 그 모습이 낯설고 당혹스러울 수 있지만, 그것을 받아들이는 순간 한 단계 성장하게 된다.

많은 사람들이 일기를 어린이나 청소년의 전유물로 여기는 경향이 있다. 하지만 이는 큰 오해이다. 일기의 가치와 중요성에 대해 좀 더 진지하게 생각해 볼 필요가 있다.

일기는 나이를 불문하고 모두에게 유익한 자기 성찰의 도구이다. 오히려 나이가 들수록, 인생의 경험이 쌓일수록 일기를 통한 성찰의 깊이가 더해진다. 어른이 되면 오히려 복잡해진 내면세계를 정리하고 이해하는데 일기가 큰 도움이 된다. 직장에서의 스트레스, 인간관계의 고민, 미래에 대한 불안 등 성인들만의 고유한 고민들을 일기로 풀어낼 수 있다. 감정을 토로하는 것뿐만 아니라 생각을 분석할 기회가 된다.

더불어 일기는 창의성을 자극하는 일이기도 하다. 매일의 경험을 글로 옮기며 새로운 시각과 아이디어를 발견할 수 있다. 일상적인 업무나 생활에서 벗어나 새로운 영감을 얻는데 도움이 된다. 그리고 자기 계발의 도구로 목표 설정, 진행 상황 점검, 성취 기록 등을 통해 지속적인 성장을 도모할 수 있다. 어린이나 청소년보다 오히려 성인들에게 더 필요한 일이다.

내면 아이는 일기에 이렇게 드러난다

안네 프랑크의 일기는 2차 세계대전 중 나치의 박해를 피해 숨어 지내던 유대인 소녀의 이야기를 담고 있다. 안네는 13세 생일에 받은 빨간 체크무늬 일기장에 글을 쓰기 시작했는데, 이 일기장에 '키티'라는 이름을 붙이고 친한 친구에게 편지를 쓰듯 일기를 썼다.

안네의 일기가 특별한 이유는 그녀가 보여준 놀라운 솔직함과 통찰력 때문이다. 그녀는 숨어 지내는 비밀 별관에서의 일상을 생생하게 묘사했다. 가족들과의 갈등, 첫사랑의 설렘, 성에 대한 호기심, 그리고 미래에 대한 꿈 등 청소년기 소녀의 내면세계를 아주 솔직하게 표현했다.

재미있는 점은 안네가 일상의 사소한 것들까지도 세세하게 기록했다는 것이다. 비밀 별관에 함께 지내던 사람들의 화장실 사용 시간표까지 상세히 적었다. 이런 꼼꼼한 묘사는 독자들이 당시의 상황을 더욱 생생하게 느끼게 해준다.

안네는 자신의 성격과 행동을 비판적으로 성찰하는 모습을 보여주기도 했다. 가족들에게 짜증을 내는 것에 대해 반성하고 좋은 사람이 되고자 하는 의지를 보였다. 이런 모습은 많은 독자의 공감을 얻었다.

안네의 일기는 전쟁의 공포와 불안 속에서도 희망을 잃지 않는 한 소녀의 모습을 보여준다. 그녀는 끊임없이 미래의 꿈을 키우고, 작가가 되겠다는 열망을 품었다. 아이러니하게도, 그녀의 이 꿈은 비극적인 방식으로 이루어졌다.

일기는 전쟁의 참상과 인간성에 대한 통찰을 담은 문학작품으로 평가받고 있다. 그녀의 솔직하고 순수한 목소리는 전 세계 독자들의 마음을 울리며, 평화와 인권의 중요성을 일깨워주는 소중한 유산이 되었다.

마크 트웨인의 일기는 그의 유머러스한 성격과 재치 있는 글솜씨를 잘 보여주는 좋은 예이다. 트웨인은 미국 문학의 거장으로 알려졌지만, 일기에서는 흔히 아는 작가의 모습보다는 인간 마크 트웨인의 솔직하고 유쾌한 면모를 볼 수 있다.

그의 일기에서 눈에 띄는 특징은 자기 풍자와 위트이다. 그는 자신의 게으름이나 약점을 코믹하게 표현하곤 했다.

그가 쓴 "오늘 아무것도 하지 않았다. 그리고 내일도 아무것도 하지 않을 것이다. 나는 휴식이 필요하다."라는 구절은 그의 유머 감각을 잘 보여준다. 이런 식의 자기 비하적 유머는 독자들이 친근감을 느끼게 하며, 동시에 웃음을 자아낸다.

트웨인은 일상적인 사건들을 재치 있게 묘사하는 데 탁월했다. 그는 평범한 일들을 독특한 시각으로 바라보고, 이를 유머러스하게 표현했다. 날씨에 대한 불평을 "날씨가 좋지 않다"라고 쓰는 대신 "오늘 날씨는 누군가가 하늘에서 젖은 양말을 짜는 것 같다"와 같이 독특하게 서술했다.

그의 일기에는 사회 비평적인 요소도 담겨 있다. 트웨인은 당시 사회의 부조리나 인간의 어리석음을 날카롭게 지적하면서도, 이를 직접적으로 비난하기보다는 유머를 통해 간접적으로 표현했다. 이러한 방식은 그의 비평을 더욱 효과적으로 만들었다.

트웨인의 일기는 그의 창작 과정을 볼 수 있게 해준다. 그는 새로운 아이디어나 캐릭터에 대한 구상을 일기에 적었고, 후에 작품의 씨앗이 되었다. 이를 통해 작가로서의 사고를 이해할 수 있다.

마크 트웨인의 일기는 그 자체로 하나의 문학 작품처럼

읽힌다. 유머와 통찰력은 일상적인 기록을 재미있는 글로 변화시켰다. 일기가 사실을 기록하는 것을 넘어, 개성과 창의성을 표현하는 수단이 될 수 있음을 보여주는 예라고 할 수 있다. 어쩌면 그의 내면 아이는 거의 톰 소여가 아니었을까?

버지니아 울프는 일기 쓰기를 "마음의 빗질"이라고 표현했는데, 그녀에게 일기가 기록 이상의 의미를 지녔음을 보여준다.

울프의 일기는 그녀의 일상생활과 내적 고민들을 담고 있다. 그녀의 정신 건강 문제와 관련된 기록들은 울프의 작품을 이해하는데 중요한 맥락과 닿아있다. 그녀는 우울증과 불안을 경험했는데, 이러한 감정들을 일기에 솔직하게 썼다.

주목할 만한 점은 글쓰기 스타일이다. 그녀는 일상적인 사건들을 시적이고 감각적인 언어로 서술했다. 산책을 묘사할 때도 그녀는 자연의 색채와 소리, 그리고 그것이 감정에 미치는 영향을 생생하게 기록했다.

일기는 그녀의 소설을 엿볼 수 있게 해준다. 그녀는 새로운 작품에 대한 아이디어, 캐릭터 구상, 그리고 글쓰기에 관한 생각들을 일기에 기록했다. "댈러웨이 부인"이나 "등대로"와 같은 명작들이 어떻게 탄생했는지를 이해할 수 있다.

흥미로운 점은 울프가 일기를 통해 글쓰기 스타일을 실험하고 발전시켰다는 것이다. 일기에는 의식의 흐름 기법이나 시간의 비선형적 표현과 같은, 후에 그녀의 소설에서 유명해진 기법들의 초기 형태를 볼 수 있다.

일기 쓰기는 내면세계를 탐험하고 이해하는 길이다. 감정, 생각, 꿈, 그리고 성장을 지도로 그리는 것과 같다. 이 일을 통해 자신을 이해하고, 삶의 패턴을 발견하며, 미래의 방향을 설정할 수 있다.

포옹의 힘

　인간이 할 수 있는 가장 아름다운 행동은 포옹이다. 타인을 포옹할 때, 우리는 그들의 존재를 인정하고 받아들이며 사랑한다는 메시지를 전한다. 하지만 우리가 잊는 것은 자신을 포옹하는 일의 중요성이다.

　내면의 아이를 안아주는 것은 자신을 이해하고 받아들이는 방법의 하나이다. 그 아이에게 이름을 붙이고, 그 모습을 그려보는 것은 감정과 욕구를 인식하는 데 도움이 된다. 당신의 내면의 아이를 '소망이'라고 부르고 따뜻한 미소를 지닌 작은 꼬마로 상상해볼 수 있다.

　'소망이'를 안아주는 순간, 우리는 과거와 화해하고 현재를 받아들이며 미래를 향해 나아갈 힘을 얻는다. 상상이 아니라 실제로 뇌와 몸에 긍정적인 변화를 일으키는 행위다.

내면의 아이와 소통하는 것은 삶의 방향을 찾는 데 결정적인 도움이 된다. 내가 진정으로 원하는 것이 무엇인지, 나를 슬프게 하는 것은 무엇인지, 나를 기쁘게 하는 것은 무엇인지를 알게 되기 때문이다. 이러한 자기 이해는 인생에서 방황하지 않고 목적을 가지고 살아갈 수 있게 해준다.

우리는 모두 사랑받기 위해 태어났다. 그런 노래도 있다. 그리고 그 사랑은 다른 누구도 아닌 바로 자신에게서 시작되어야 한다. 내면 아이에게 이름을 지어주고, 그 아이를 상상하며 따뜻하게 안아주는 시간을 가져보는 건 어떨까? 그것이 바로 당신이 자신에게 줄 수 있는 가장 큰 선물이 될 것이다.

포옹은 인류의 역사만큼이나 오래된 행위지만, 그 깊이는 아직도 충분히 탐구되지 않았다. 아리스토텔레스가 "인간은 사회적 동물이다"라고 했다면, 여기에 "그리고 포옹하는 동물이다"라고 덧붙일 수 있지 않을까?

생각해보면 포옹은 참 이상한 행위다. 두 사람이 서로의 몸을 감싸 안으며 잠깐 움직임을 멈추는 것. 외계인의 눈으로 본다면 아마 '지구인들의 이상한 의식' 정도로 보일지도 모른다. 하지만 이 행위 속에 우리의 본질이 담겨있다.

포옹의 철학을 말하자면 그것은 '분리'와 '연결'의 역설을 보여준다. 우리는 각자 독립된 개체로 존재하지만, 포옹을 통해 일시적으로 하나가 된다. 플라톤의 '향연'에서 언급된 원초적 인간, 즉 둘이 하나로 붙어있던 그 존재로 잠시 돌아가는 것 같다.

포옹은 시간의 상대성을 보여주는 완벽한 예시다. 아인슈타인이 말했듯 "연인과 함께 있으면 한 시간이 일 분처럼 느껴지고, 뜨거운 난로 위에 앉아있으면 일 분이 한 시간처럼 느껴진다." 마찬가지로 사랑하는 사람과의 포옹은 너무 짧게 느껴지고, 불편한 사람과의 의례적인 포옹은 영원히 끝나지 않을 것 같다.

철학자들이 수천 년 동안 '존재의 본질'을 탐구해왔지만, 어쩌면 그 답은 '포옹할 수 있는 능력'에 있는지도 모른다. 포옹을 통해 '나'와 '너'의 경계를 허물고, 서로의 존재를 인정하며, 우리가 이 우주에 혼자가 아님을 확인한다.

인류학자의 눈으로 포옹을 관찰한다면 흥미로운 문화적 현상을 발견하게 될 것이다. '포옹 인류학'이라는 새로운 학문 분야를 상상해보자. 이 분야의 연구자들은 전 세계를 돌아다니며 다양한 포옹 문화를 연구할 것이다.

'북극 에스키모의 코 비비기 인사'를 연구하던 인류학자가 있었다고 하자. 그는 연구 노트에 이렇게 적었을지도 모른다. "오늘 현지인과 첫 만남을 가졌다. 그들은 이상하게도 내 얼굴로 다가와 코를 비볐다. 처음엔 내 코에 뭐가 묻었나 싶었지만, 알고 보니 이것이 그들의 포옹 방식이었다. 내일은 감기약을 챙겨 나가야겠다."

한편, 남미의 정열적인 포옹을 연구하던 다른 인류학자는 이렇게 기록했을 것이다. "이곳 사람들의 포옹은 레슬링 경기를 보는 것 같다. 서로를 꼭 껴안고, 등을 세게 두드리고, 때로는 상대방을 들어올리기까지 한다. 오늘 현지인들과 인사를 나누다가 갈비뼈 두 대가 부러진 것 같다. 내일부터는 보호대를 착용해야겠다."

일본의 절제된 포옹 문화를 관찰하던 인류학자의 노트에는 이런 내용이 있을 수 있다. "오늘도 포옹 목격 실패. 대신 90도로 허리 굽혀 인사하는 모습을 100번째 관찰했다. 혹시 이것이 '공기 포옹'인 걸까? 아니면 내가 포옹의 정의를 너무 좁게 잡은 걸까? 내일은 허리 스트레칭을 하고 나가야겠다."

프랑스에서는 볼 키스 문화를 연구하던 인류학자가 이렇게 적었을 것이다. "이곳 사람들은 만날 때마다 서로의 볼에 키스한다. 처음엔 2번, 다음엔 3번, 어떤 지역에서는 4번까지 한다. 나는 실수로 5번째 키스를 시도했다가 이상한 사람 취급을 받았다. 내일부터는 손에 숫자를 적어가야겠다."

디지털 시대의 포옹을 연구하던 현대 인류학자는 이런 기록을 할 수 있다. "오늘도 현지인들은 스마트폰을 통해 '포옹' 이모티콘을 주고받았다. 실제 포옹은 1건도 관찰하지 못했다. 이들에게 포옹은 이제 가상의 행위가 된 걸까? 아니면 내가 잘못된 장소에서 연구하고 있는 걸까? 내일은 피시방에서 관찰을 계속해야겠다."

이처럼 포옹은 문화에 따라 다양한 형태로 나타나며, 때로는 우리가 생각하는 '포옹'의 정의를 완전히 뒤집어놓기도 한다. 하지만 그 본질은 변하지 않는다. 포옹은 인간의 가장 기본적인 욕구인 '연결'과 '소속감'을 표현하는 보편적인 언어인 것이다.

포옹의 언어

포옹만큼 아름다운 행동을 알지 못한다. 그것은 말로 표현할 수 없는 감정을 전달하고, 언어의 장벽을 넘어서는 보편적인 소통 방식이다. 포옹은 가장 원초적이면서도 순수한 감정 표현 방식이다.

포옹은 복잡한 말이나 화려한 선물 없이도, 단지 두 팔로 상대방을 감싸 안는 것만으로 따스한 애정과 지지, 위로를 전할 수 있다. 몸이 만들어내는 시와 같다.

오랜 시간이 지나 재회한 사람들, 힘든 시기를 함께 견뎌낸 연인들, 혹은 멀리 떠났다 돌아온 가족들… 그들이 나누는 포옹 속에는 그 모든 시간과 경험, 그리고 감정이 응축되어 있다.

포옹의 가치는 측정할 수 없는 영역에 있다. 그것은 안전함과 소속감을 준다. 세상이 차갑게 대할 때, 포옹은 나를 따뜻하게 감싸준다. 길을 잃었다고 느낄 때, 포옹은 나에게 '집'을 느끼게 해준다.

물론 포옹이 모든 문제를 해결해주지는 않는다. 하지만 그것은 문제를 해결할 힘과 용기를 준다. 포옹은 "넌 혼자가 아니야"라고 속삭여주는 무언의 지지이다.

포옹의 아름다움은 그것이 가진 변화의 힘에 있다. 한 번의 진심 어린 포옹으로 누군가의 하루를, 어쩌면 인생을 바꿀 수 있다. 그리고 그 과정에서 우리도 조금씩 변화한다.

프리 허그 운동(Free Hugs Campaign)은 2004년 호주 시드니에서 후안 만(Juan Mann)이라는 사람에 의해 시작되었다. 후안 만은 개인적으로 어려운 시기를 겪고 있었고, 누군가의 따뜻한 포옹이 절실히 필요하다고 느꼈다.

어느 날 그는 "프리 허그(Free Hugs)"라고 쓴 팻말을 들고 시드니의 번화가인 피트 스트리트 몰(Pitt Street Mall)에 섰다. 처음에는 사람들이 그를 의심스럽게 바라보았지만, 점차 몇몇 사람들이 다가와 포옹을 나누기 시작했다.

이 행동은 놀라운 반응을 불러일으켰다. 많은 사람들이 감동하였고, 어떤 이는 눈물을 흘리기도 했다. 후안의 행동은 빠르게 입소문을 타고 퍼져나갔고, 곧 다른 사람들도 그의 운동에 동참하기 시작했다.

이 운동의 핵심 메시지는 단순하다. 우리 모두는 때때로 따뜻한 인간적 접촉이 필요하며, 낯선 사람과의 간단한 포옹만으로도 누군가의 하루를 밝게 만들 수 있다는 것이다.

프리 허그 운동은 현대 사회의 고립과 외로움에 대한 대안으로서, 인간 간의 연결과 공감의 필요성을 상기시켜주는 역할을 했다. 이 운동은 지금도 전 세계 곳곳에서 자발적으로 이어지고 있으며, 많은 사람들에게 위로와 희망을 전하고 있다.

사랑의 온도

심리학자들은 오랫동안 신체 접촉의 중요성에 관해 연구해 왔다. '해리 할로우의 원숭이 실험'은 포옹과 같은 신체적 접촉이 정서적 발달에 미치는 영향을 보여주고 있다. 이 실험에서 어린 원숭이들은 먹이를 주는 철사로 만든 어미 모형보다 따뜻하고 부드러운 천으로 만든 어미 모형을 더 선호했다. 생존을 넘어 따뜻한 접촉과 안정감이 얼마나 중요한지를 보여준다.

신경과학 분야에서는 포옹이 뇌에 미치는 영향에 관해 연구하고 있다. 포옹할 때 몸에서는 '옥시토신'이라는 호르몬이 분비된다. 이 호르몬은 흔히 '사랑의 호르몬' 또는 '포옹 호르몬'이라고 불리며, 스트레스 감소, 신뢰 증진, 유대감 형성 등에 긍정적인 역할을 한다.

포옹은 '코르티솔' 즉, 스트레스 호르몬의 수치를 낮추는 데 도움을 준다. 왜 우리가 힘든 상황에서 누군가의 포옹을 원하게 되는지를 설명해 준다. 실제로 여러 연구에서 정기적인 포옹이 스트레스 관리와 면역 체계 강화에 도움이 된다는 결과가 나왔다.

사회심리학 분야에서는 포옹이 대인관계와 사회적 유대에 미치는 영향을 연구한다. 포옹은 비언어적 커뮤니케이션의 형태로, 때로는 말보다 더 많은 것을 전달할 수 있다. 신뢰, 지지, 위로, 사랑 등 복잡한 감정을 포옹으로 표현할 수 있다.

발달심리학에서는 어린이의 성장 과정에서 포옹의 역할을 강조한다. 충분한 신체적 접촉을 받고 자란 아이들이 정서적으로 안정되고, 스트레스 대처 능력이 뛰어나며, 대인 관계 형성에도 더 능숙하다는 연구 결과가 있다.

포옹은 신체적 접촉 이상의 의미를 지닌다. 그것은 우리의 뇌와 몸, 그리고 마음에 긍정적인 변화를 일으키는 방법이다. 현대 사회에서 디지털화되고 비대면 접촉이 늘어나는 상황에서, 포옹의 가치와 중요성은 더욱 주목받고 있다.

생각해 보면 그리운 사람은 모두 포옹의 기억이 있다. 그 따뜻했던 순간, 서로의 체온을 나누며 마음과 마음이 통했던 그 시간. 포옹은 말로 표현할 수 없는 감정을 전달하는 순수한 방법이다.

갓 태어난 아기가 엄마의 품에 안기는 순간을 상상해 보자. 그 작고 여린 생명이 세상에서 처음 경험하는 것이 바로 포옹의 따뜻함이다. 그 순간 아기는 이 세상이 안전하고 포근한 곳이라고 느낄 것이다. 그리고 그 기억은 아기의 무의식 속에 따스하게 새겨질 것이다.

어쩌면 우리가 평생 누군가의 포옹을 그리워하는 이유가

바로 이 때문인지도 모른다. 생의 첫 기억, 첫 경험이 포옹이었으니까. 그래서 우리는 힘들 때마다 포옹을 찾게 되는 걸까?

어릴 적 기억을 떠올려보면 넘어져서 무릎을 다쳤을 때, 엄마의 따뜻한 포옹이 모든 걸 해결해주는 것 같았다. 그때의 포옹은 '괜찮아, 금방 나을 거야'라고 말해주는 것 같았다. 지금 생각해보면 참 신기하다. 그저 누군가의 팔에 안겼을 뿐인데, 세상이 갑자기 안전해지는 느낌이었으니까.

친구들과 싸우고 화해할 때의 포옹도 잊을 수 없다. 서로 미안하다는 말은 하지 않아도, 그 포옹 하나로 모든 게 용서되고 이해되는 것 같았다. 포옹은 때로 말보다 더 많은 것을 전달한다.

첫사랑과의 포옹은 또 어땠을까? 심장이 터질 것 같이 두근거리고, 온 세상이 핑크빛으로 물들어 보였던 그 순간. 그때의 포옹은 시간을 멈추게 하는 마법 같았다. 지금 생각해도 입가에 미소가 지어진다.

힘들 때 친구가 건네는 포옹은 또 어떤가. 그저 누군가가 내 옆에 있다는 것만으로도 큰 위로가 된다. 말 한마디 없이도 "난 네 편이야"라고 말해주는 것 같다.

그리고 오랜만에 만난 가족과의 포옹. 그 포옹 속에는 그리움, 사랑, 미안함, 감사함… 이 모든 감정이 담겨 있다. 시간과 공간을 초월해 우리를 하나로 만드는 것 같다.

인사이드 아웃의 포옹 장면을 보면서 울컥했던 이유를 이제 알 것 같다. 그건 내가 포옹의 느낌을 알고 있기 때문이다. 모두 마음속 어딘가에 그런 포옹의 기억을 간직하고 있으니까. 힘든 날 따스한 포옹의 순간을 우린 잊을 수 없으니까.

내면 아이에게 포옹을 건네보는 건 어떨까? 그냥 아무 이유 없이. "널 사랑해"라고, "넌 소중해"라고, "난 네가 자랑스러워"라고 말하고 싶을 때. 때로는 말보다 따뜻한 포옹 한 번이 더 큰 힘이 될 수 있다.

기억하자, 우리는 모두 조금 더 많은 포옹이 필요한 사람들이다. 그러니 오늘부터 조금 더 자주, 조금 더 따뜻하게 포옹해보자. 그럼 우리의 일상이, 우리의 관계가, 그리고 우리의 세상이 조금 더 아름다워질 것이다. 인사이드 아웃의 그 장면처럼 말이다.

침묵까지도 들어주기

우린 서로를 듣지 않는다. 타인에게 조금도 관심 없다. 우린 타인의 말을 듣지 않으며 거의 모든 말을 휴대폰을 하며 흘려듣는다. 이렇듯 일상적인 흘려듣기는 내면 아이와의 소통에서도 똑같은 습관으로 나타난다.

경청은 타인과의 관계에서만 중요한 것이 아니다. 자기 내면을 향한 경청 역시 삶에 큰 영향을 미친다. 타인의 말을 주의 깊게 듣는 습관을 기르면, 그것은 자연스럽게 내면의 목소리를 듣는 능력으로 이어진다.

경청의 힘은 여기서 빛을 발한다. 타인의 말에 귀 기울이는 연습을 통해 점차 내면의 소리에도 주의를 기울이게 된다. 듣는 것에 그치지 않는다. 그 소리들을 이해하고, 받아들이고, 그것들과 대화를 나누는 것이다.

늘 무언가를 하며 잠시도 가만히 있지 않는 현대인은 다른 사람의 말을 귀담아듣지 않는다. 경청은 아주 오래전에 사라져 버린 인간의 습성이 아닌가 싶다. 끊임없이 흘러가는 정보의 홍수 속에서 살아가며, 한순간도 멈추지 않고 스크롤을 내리고, 채널을 돌리고, 알림을 확인한다. 이러한 습관은 주의력을 파편화시키고, 깊이 있는 소통을 방해한다.

경청에 관한 프로이트의 일화가 있다. 상담자들은 그를 만난 순간을 잊을 수 없다고 한다. 온몸으로, 온 마음으로 상대방의 이야기를 들어준다는 것이다. 프로이트는 그의 전 존재로 상대방의 말에 집중했다. 그의 눈빛, 표정, 자세, 모든 것이 "나는 당신의 이야기에 온전히 집중하고 있습니다"라고 말하는 듯했다.

프로이트의 태도는 인간에 대한 깊은 존중과 이해의 표현이었다. 그는 각 개인의 이야기가 귀중하고 유일무이한 것임을 알고 있었고, 그 이야기를 온전히 받아들일 준비가 되어 있었다.

프로이트의 경청 방식은 그의 정신분석 이론과도 관련이 있다. 그는 무의식이 의식적인 말과 행동을 통해 표현된다고 믿었다. 따라서 상대방의 말을 주의 깊게 듣는 것은 표면적인 내용을 이해하는 것을 넘어, 그 사람의 내면세계를 들여다보는 창구가 되는 것이다.

라일리의 감정들이 서로의 목소리에 귀 기울이고 협력하는 것과 유사하다. 프로이트는 상대방의 말속에서 다양한 감정과 생각들의 목소리를 듣고자 했다. 기쁨, 슬픔, 분노, 두려움 등 모든 감정이 중요하며, 그것이 한 사람의 전체를 이루고 있다는 것을 그는 잘 알고 있었다.

이러한 태도는 일상적인 관계에도 큰 변화를 가져올 수 있다. 가족, 친구, 동료와의 대화에서 프로이트와 같은 집중력과 존중을 보인다면, 관계는 더욱 의미 있는 것이 될 것이다. 서로를 더 잘 이해하게 되고, 더 따스한 공감과 연결을 경험하게 될 것이다.

밖에서 들려오는 말에조차 귀를 기울이지 못하는데, 자기 안에서 들려오는 작은 목소리는 들릴 리가 없다. 이 때문에 경청은 하나의 습관이자 태도인 것이다. 내면 아이와 외부 세상에 귀를 기울이고 있는 태도. 들을 준비가 된 마음 상태가 필요하다.

경청은 전체적인 메시지를 이해하려는 적극적인 일이다. 말하는 사람의 언어적 표현과 더불어 비언어적 신호, 감정적 뉘앙스, 그리고 그 말 뒤에 숨겨진 의미까지 포착하는 것을 뜻한다. 상대방의 말을 진정으로 듣고 이해하려 노력할 때, 깊은 연결과 공감을 경험하게 된다. 가족 관계, 친구 관계, 직장에서의 관계 등 모든 영역에서 적용될 수 있다.

타인의 말에 귀 기울이는 연습을 통해 내면의 소리에도 주의를 기울일 수 있게 된다. 다양한 생각들, 욕구와 두려움들의 목소리를 듣고 이해하게 되면서, 우리는 더 통합된 자아를 형성해 나갈 수 있다.

멈추고 집중하는 법을 배워야 한다. 휴대폰을 내려놓고, 잠시 하던 일을 멈추고, 온전히 상대방에게 주의를 기울이는 연습이 필요하다.

다음으로, 판단을 유보하는 법을 배워야 한다. 흔히 우리는 상대방의 말을 듣는 동안에도 이미 의견을 형성하고 반박할 준비를 한다. 그러나 경청은 먼저 이해하려 노력하는 것이다. 상대방의 관점에서 세상을 바라보려는 것이다.

그리고 질문하는 법을 배워야 한다. 좋은 질문은 대화를 의미 있게 만들며, 상대방의 생각과 감정을 잘 이해할 수 있게 해준다. 정보를 얻는 것은 물론 상대방의 내면세계를 탐험하는 길이 될 수 있다.

경청에 관한 이야기 중 하나로 '넬슨 만델라의 경청' 일화가 있다. 남아프리카공화국의 전 대통령이자 인권운동가였던 넬슨 만델라는 뛰어난 경청 능력으로 유명했다. 그의 경청 능력은 정치인으로서의 기술이기도 하지만 삶의 철학을 보여주는 것이었다.

만델라는 어린 시절 부족의 추장이었던 아버지의 회의를 지켜보며 경청의 중요성을 배웠다고 한다. 그는 회의에서 모든 사람이 의견을 말할 기회를 가질 때까지 결정을 내리지 않는 아버지의 모습을 보았다.

이러한 경험은 만델라의 리더십 스타일에 큰 영향을 미쳤다. 그는 대통령이 되어서도 항상 모든 사람의 의견을 듣고자 노력했다. 심지어 그는 정적들의 말까지도 주의 깊게 들었다고 한다.

그의 태도는 갈등으로 분열된 국가를 하나로 모으는 데 큰 역할을 했다. 만델라의 경청은 개인의 성장과 더불어 사회의 화합과 발전에도 영향을 미칠 수 있다는 것을 증명하고 있다.

'칼 로저스의 무조건적 긍정적 존중' 일화가 있다. 칼 로저스는 20세기의 영향력 있는 심리학자 중 한 명으로, 그의 '내담자 중심 치료'는 경청의 중요성을 강조한다.

로저스가 젊은 치료사였을 때의 일이다. 매우 폭력적이고 공격적인 성향을 보인 한 소년을 상담하게 되었다. 이 소년은 이전의 여러 치료사들을 힘들게 했고, 누구도 그를 도울 수 없다고 여겨졌다.

로저스는 이 소년을 만났을 때, 그의 독특한 접근 방식을 사용했다. 소년의 행동을 판단하거나 비난하지 않고, 깊이 있게 경청했다. 소년이 분노를 표출할 때도, 폭력적인 생각을 말할 때도, 로저스는 그저 주의 깊게 들었다.

몇 주가 지나자 놀라운 일이 일어났다. 소년은 점차 자기 행동을 변화시키기 시작했다. 그는 로저스에게 "당신은 내가 만난 첫 번째 어른이에요. 정말로 나의 말을 들어주는 사람이요."라고 말했다.

이 경험을 통해 로저스는 '무조건적 긍정적 존중'이라는 개념을 발전시켰다. 상대방을 있는 그대로 받아들이고, 판단 없이 경청하는 태도를 의미한다. 그는 이러한 태도가 개인의 성장과 변화를 촉진한다고 믿었다.

로저스의 접근 방식은 심리치료에만 국한되지 않는다. 일상적인 관계에서도 적용될 수 있다. 타인을 판단하지 않고 진심으로 경청할 때, 진짜 이해와 연결을 경험할 수 있다.

'굿 윌 헌팅'은 경청과 연관이 있는 영화다. 이 영화는 경청의 힘과 그것이 어떻게 한 사람의 삶을 변화시킬 수 있는지를 아름답게 보여준다.

영화의 주인공 윌 헌팅(맷 데이먼 분)은 천재적인 두뇌를 가졌지만, 어린 시절의 트라우마로 인해 정서적 문제를 안고 있다. 그의 삶을 변화시키는 결정적인 요인은 심리학자 숀 맥과이어(로빈 윌리엄스 분)와의 만남이다.

숀은 윌에게 특별한 방식으로 접근한다. 그는 윌의 방어적인 태도와 공격적인 언행에도 불구하고, 그를 판단하지 않고 진지하게 경청한다. 앞서 이야기한 칼 로저스의 '무조건적 긍정적 존중' 접근과 매우 유사하다.

영화에서 인상적인 장면 중 하나는 숀이 윌에게 "네 잘못이 아니야"라고 반복해서 말하는 장면이다. 이 순간 숀은 윌의 내면의 고통을 '듣고' 있는 것이었다. 그는 윌이 말로 표현하지 않은, 그러나 그의 행동과 태도 속에 숨겨진 메시지를 듣고 있었다. 영화는 경청이 그 사람의 전체를 이해하려는 노력임을 보여준다. 숀은 윌의 말과 더불어 그의 행동, 표정, 심지어 침묵까지도 '듣고' 있었다.

버지니아 사티어는 20세기의 저명한 가족 치료사다. 그녀는 사람들 간의 의사소통, 특히 경청의 중요성을 강조했는데, 이를 설명하기 위해 '빙산 이론'을 제시했다.

사티어는 인간의 의사소통을 빙산에 비유했다. 물 위로

보이는 빙산의 일부는 말로 표현하는 내용이고, 물 아래 숨겨진 거대한 부분은 감정, 기대, 열망, 두려움 등을 나타낸다.

그녀는 대부분의 사람이 빙산의 꼭대기, 즉 표면적으로 드러난 말에만 집중한다고 지적했다. 하지만 경청은 물 아래 숨겨진 부분, 즉 상대방의 깊은 감정과 욕구를 이해하려는 노력이라고 설명했다.

한 부부가 사티어에게 상담을 받으러 왔다. 남편은 아내가 항상 옷차림을 지적한다며 불만을 토로했다. 표면적으로 보면 옷 문제처럼 보였다.

그러나 사티어는 더 깊이 경청했다. 그녀는 아내의 행동 뒤에 숨겨진 감정과 욕구를 탐색했고, 놀라운 사실을 발견했다. 아내는 사실 남편의 건강을 걱정하고 있었던 것이었다. 그녀는 남편이 춥게 입고 다니다 병에 걸릴까 봐 두려워했던 것이었다.

이 발견은 부부의 관계를 크게 변화시켰다. 남편은 아내의 행동이 사실은 사랑과 관심의 표현이었다는 것을 깨달았고, 아내는 걱정을 직접적으로 표현하는 법을 배웠다.

사티어의 빙산 이론은 경청을 생각해보게 한다. 말을 듣는 것을 넘어, 그 말 뒤에 숨겨진 감정과 욕구를 이해하려는 노력이 진짜 경청이라는 것이다.

토킹 스틱을 상상하자

아메리카 원주민들은 오래전부터 '토킹 스틱'이라는 특별한 도구를 사용해 왔다. 원주민 중에서 이로쿼이(iroquois)라는 연방이 있는데 이 연방은 여러 부족이 연합으로 모여 있는데도 불구하고 분쟁이나 다툼이 거의 없었다.

토킹 스틱의 규칙은 간단하다. 스틱을 손에 든 사람만 말할 수 있고, 나머지 사람들은 모두 경청해야 한다. 자신의 의견이 모든 사람에게 충분히 전달되었다고 생각하면 다른 사람에게 토킹 스틱을 넘긴다. 누구도 토킹 스틱을 들고 있는 사람의 이야기를 끊거나 가로막을 수 없다. 이 전통의 아름다움은 모든 사람에게 동등한 발언 기회를 준다는 것이다.

재미있는 점은, 이 방식이 현대 심리학의 '적극적 경청' 기법과 매우 비슷하다는 것이다. 적극적 경청은 상대방의 말을 중간에 끊지 않고, 판단하지 않으며, 전체적인 메시지를 이해하려 노력하는 것을 말한다.

한 가족이 저녁 식사 시간에 이 방식을 시도했다. 평소에는 말수가 적던 막내가 처음으로 학교에서 겪는 어려움에 관해 이야기했고, 가족들은 그 아이의 고민을 진지하게 들을 수 있었다.

이 토킹 스틱 전통은 교훈을 준다. 모든 사람의 목소리가 중요하다는 것, 그리고 진실된 소통은 말하는 것만큼이나 듣는 것도 중요하다는 것이다.

경청은 인간과 인간 사이의 아름다운 교감 중 하나라고 할 수 있다.

생각해 보자. 누군가의 이야기에 진심으로 귀 기울일 때, 그 순간 자기 세계에서 벗어나 상대방의 세계로 들어가는 것이다. 마음이 작은 여행을 떠나는 것 같다.

이 여행에서 상대방의 눈으로 세상을 바라보고, 그들의 마음으로 느끼게 되는 거다. 이런 경험은 우리를 더 공감적이고 이해심 많은 사람으로 만들어준다.

경청의 순간은 서로에게 선물을 주고받는 시간이다. 말하는 사람은 자신의 이야기, 생각, 감정이라는 선물을 주고, 듣는 사람은 관심, 이해, 존중이라는 선물을 준다. 이 교환은 우리를 친밀하게 만들고 서로 간의 신뢰를 쌓아준다.

특히 아름다운 건 경청을 통해 서로의 '인간다움'을 인정하고 존중하게 된다는 거다. 우리는 복잡하고 다층적인 존재다. 때로는 강하고, 때로는 약하고, 때로는 현명하고, 때로는 어리석다. 경청은 이 모든 면을 받아들이고 인정하는 일이다.

경청의 순간은 서로의 존재를 인정하고 존중하는 시간이다. 그것은 "나는 당신을 보고 있어요. 당신의 존재를 인정하고, 당신의 경험을 중요하게 여기며, 당신을 이해하려 노력하고 있어요"라고 말하는 거나 다름없다.

이런 관점에서 보면, 경청은 대화 기술을 초월하는 것이다. 그것은 사랑의 행위이고, 존중의 표현이며, 인간성을 인정하는 방식인 거다. 그래서 진정한 경청이 이뤄지는 순간, 그곳에는 항상 아름다움이 존재한다.

상대와 대화를 하며 느끼는 답답함. 소통이 되지 않을 때의 불편함. 항상 남을 탓하지만, 생각해 보면 상대도 그렇게 느끼고 있을 것이 분명하다. 그건 언어의 문제가 아니라 태도의 문제이기 때문이다. 우리가 서로를 듣지 않기 때문이다. 삶은 아이러니다. 얻기 위해서는 비워야 하고, 말하기 위해서는 들어야 한다.

흘려보내기

우리는 조금만 흔들려도 바로 상처받는다. 스트레스는 우리의 정서에 지대한 영향을 미치고, 이는 내면의 아이가 마음속에서 민감하게 반응하는 것과 같다. 그 아이는 우리가 경험하는 모든 스트레스를 감지하고 자꾸만 상처를 받는다.

스트레스가 쌓이면 내면 아이의 목소리를 듣기 어려워진다. 숨바꼭질하다가 아이가 숨었는데 찾지 못하는 그런 상황이다. 그러다 보면 그 아이의 감정과 욕구를 제대로 이해하지 못하게 된다.

내면의 아이는 우리의 가장 순수한 자아를 대표한다. 내면 아이의 감정과 욕구는 우리의 진정한 욕구와 맞닿아 있다. 스트레스가 쌓일수록 내면 아이의 목소리에 귀 기울이며 존중해야 한다.

스트레스 관리를 위해서는 먼저 그 원인을 파악해야 한다. 스트레스는 직장에서의 압박이나 인간관계에서의 갈등, 미래에 대한 불안 등 다양한 원인으로 발생할 수 있다. 우리는 이러한 스트레스의 원인을 이해하고, 그 원인에 대해 내면 아이와 대화를 나누며 해결책을 모색해야 한다.

"지금 무엇이 너를 힘들게 하고 있니? 어떻게 하면 너를 도울 수 있을까?" 이렇게 물어보며 내면 아이와의 대화를 시작하자.

스트레스를 해소하는 또 다른 방법은 명상과 같은 마음의 휴식을 취하는 것이다. 우리는 조용한 장소에서 명상을 하며, 자신의 내면을 들여다보고, 내면 아이의 목소리에 귀 기울여야 한다.

일상 속에서 스트레스를 관리하는 방법도 찾아야 한다. 운동, 취미 생활, 자연과의 접촉 등 다양한 활동들이 스트레스를 해소하는 데 큰 도움이 된다. 이러한 활동들을 통해 내면 아이와의 소통을 강화하고, 스트레스를 효과적으로 관리할 수 있다.

농부와 개구리

푸르른 산골짜기 마을에 한 젊은 농부가 살고 있었다. 이 농부는 마을에서 가장 부지런한 사람으로 알려져 있다. 그는 항상 새벽부터 일어나 밭을 갈고, 가축을 돌보고, 마을 사람들을 돕느라 하루 종일 쉴 틈이 없었다. 그래서 마을 사람들은 그를 존경했지만, 농부는 점점 지쳐가기 시작했다.

어느 날, 농부는 너무 지친 나머지 일을 멈추고 혼자 산을 오르기로 했다. 그는 마음속의 무거운 짐을 내려놓고 싶었지만, 그 방법을 알지 못했다. 산을 오르는 동안, 그는 계속해서 머릿속으로 해야 할 일들을 떠올렸다. "밭에 물을 더 줘야 해… 내일은 가축을 돌봐야 해… 할 일이 너무 많아."

그러다 산 정상에 도착했을 때, 그는 작은 연못을 발견했다. 그 연못은 고요하고 맑았으며, 주변의 나무들이 물에 비치고 있었다. 농부는 그 연못가에 앉아 잠시 쉬기로 했다. 바람이 불어 나뭇잎이 살랑거리는 소리와 새들이 지저귀는 소리가 들려왔다.

그때, 연못에서 작은 개구리가 퐁당 하고 뛰어올라 농부 옆에 앉았다. 개구리는 농부를 바라보며 말했다. "너, 왜 그렇게 지쳐 보이니?"

농부는 처음에 놀랐지만, 곧 개구리에게 자신의 고민을

털어놓았다. "난 매일 일해야 할 것이 너무 많아. 마을 사람들도 내가 도와주길 바라지. 하지만 점점 힘이 빠지고, 내가 할 수 있는 게 한계에 다다른 것 같아."

개구리는 고개를 끄덕이며 말했다. "너는 너무 많은 것을 혼자 지고 가고 있구나. 모든 일을 다 잘하려고 애쓰다 보면 결국 너 자신을 잃어버리게 될 거야. 이 연못을 봐. 물은 항상 고요하고 맑지. 왜 그런지 아니?"

농부는 연못을 바라보며 대답했다. "잘 모르겠어. 왜 그런 거지?"

개구리가 설명했다. "이 연못은 필요한 만큼만 물을 받아들이고, 나머지는 흘려보내기 때문이야. 물이 넘치면 연못이 망가지고, 고요함을 잃게 되겠지. 너도 이 연못처럼 해야 해. 네가 할 수 있는 만큼만 받아들이고, 나머지는 내려놓아야 해. 그렇게 하지 않으면, 네 마음도 이 연못처럼 맑고 고요할 수 없을 거야."

농부는 그 말을 듣고 깊이 생각에 잠겼다. 그는 자신이 너무 많은 일을 떠안으려 했다는 것을 깨달았다. 모든 일을 잘 해내려는 욕심을 버리고, 필요한 만큼만 받아들이는 것이 중요하다. 자신을 돌보는 법을 배우고, 과도한 짐을 내려놓는 것이야말로 행복을 찾는 길일 것이다.

당신의 바위

우린 과거에 얽매여 살아간다. 우리는 모두 과거의 기억과 감정들로 이루어진 내면의 세계를 가지고 있다. 그 세계 안에서 기쁨, 슬픔, 분노, 불안, 두려움이 복잡하게 얽혀 현재를 지배한다. 이 감정 중 가장 오래 지속되는 것은 아마도 분노와 원망일 것이다.

우리는 타인의 잘못이나 상처 주는 행동을 마음속 깊이 새기고, 그것을 놓지 못한 채 살아간다. 그 기억은 감정 컨트롤 본부에서 끊임없이 재생되며, 현재의 판단과 행동에 영향을 미친다. 용서하지 못한 마음은 삶을 잠식해 나간다.

진정한 용서란 무엇일까? 그것은 "괜찮아, 용서해"라고 말하는 것이 아니다. 용서는 타인을 위한 것이 아니라, 궁극적으로 나 자신을 위한 것이다. 타인을 위해 용서까지 할 필요는 없다. 굳이 시간과 에너지를 소모하며 그럴 필요가 전혀 없다. 한 방울의 눈물도 아깝다. 용서는 전적으로 나를 위한 행위다.

누군가를 용서하지 못하고 있다는 것은, 그 사람이 감정을 여전히 좌우하고 있다는 뜻이다. 그들의 행동이나 말이 내면의 컨트롤 타워에서 여전히 영향력을 행사하고 있는 것이다. 그렇게 자기도 모르는 사이에 과거의 포로가 되어 현재를 살아가지 못한다.

진짜 용서는 타인을 붙잡고 있는 나의 마음을 놓아주는 행동이다. 용서는 자신을 향한 사랑의 행위다. 그것은 과거의 굴레에서 벗어나게 해주고, 현재에 온전히 존재할 수 있게 해준다. 나의 마음을 이해하고, 그 안의 모든 감정을 수용할 때, 비로소 자유를 경험할 수 있다.

과거의 기억이란 어릴 적 묶인 쇠사슬 같다. 이런 이야기가 있다. 코끼리를 길들이는 방법인데, 코끼리가 아주 작을 때부터 다리 한쪽을 작은 나무에 묶어 놓는다고 한다. 그럼 어릴 때부터 묶여 있던 코끼리는 커다란 나무를 뽑을 수 있을 만큼 거대한 몸집으로 커져도, 어릴 적 묶여 있던 작은 나무에 묶으면 도망을 가지 못한다는 것이다. 마음이 과거의 경험에 얼마나 강하게 얽매일 수 있는지를 보여주는 비유다.

우리도 어릴 적 경험한 상처나 제한된 믿음에 묶여 있다. 라일리가 핵심 기억에 얽매여 있듯이, 자신도 모르는 사이에 과거의 경험에 갇혀 있는 것이다. 이러한 '보이지 않는 쇠사슬'은 현재 행동과 선택을 제한하고, 때로는 잠재력을 완전히 발휘하지 못하게 만든다.

그러나 우리는 그 코끼리와 달리 마음을 들여다보고 이해할 수 있는 능력을 가지고 있다. 나를 묶고 있는 과거의 기억과 믿음을 인식하고 그것에서 벗어날 수 있다.

이것은 쉽지 않다. 왜냐하면 그 '쇠사슬'은 오랫동안 마음의 일부였고, 그것이 나를 정의하는 것처럼 느껴졌기 때문이다. 하지만 그 사슬을 풀어내는 과정, 즉 자신을 용서하고 과거를 놓아주는 일은 결국 우리를 자유롭게 만든다.

과거의 기억에서 자유로워진다는 것은 그 기억을 완전히 지우는 것이 아니다. 오히려 그 기억을 새로운 관점에서 바라보고, 그로부터 배우며, 그것을 삶의 일부로 통합하는 것이다.

이렇게 자신을 이해하고 용서하는 과정을 통해, 과거의

작은 나무에 묶인 거대한 코끼리가 아니라, 자유롭게 나의 길을 선택할 수 있는 주체가 된다. 과거에 얽매이지 않고, 현재에 온전히 존재하며, 미래를 향해 자신감 있게 나아갈 수 있게 되는 것이다.

내면 아이와 소통을 하다보면 여러 심리적인 장벽과 문제들을 만나게 된다. 실제 내면 아이를 만나고 소통하는 일은 쉬운 게 아니다. 아픔과 상처를 필연적으로 다시 겪고, 느끼게 되기 때문이다. 하지만, 미리 말하건대 그러한 모든 고통은 상상이다. 실제로 존재하지 않는 것이다. 우린 아끼는 보물처럼 기억과 아픔을 간직하고 버리지 않는다. 그리고 계속 꺼내고 꺼내어 고통을 준다. 그 고통을 즐기고 있는 것처럼.

인사이드 아웃의 슬픔이 계속해서 슬픈 기억을 되새기는 것과 비슷하다. 내면에서도 이와 같은 일이 일어난다. 과거의 아픔을 정체성의 일부인 것처럼 붙잡고 있다. 그 아픔이 자신을 정의한다고 믿기 때문이다.

하지만 이러한 행동은 실제로 우리를 과거에 묶어두고, 현재의 삶을 온전히 살아가지 못하게 한다. 과거의 상처에 매달려 현재의 기회를 놓치고 있는 것이다.

그러나 잊지 말아야 할 것은, 이 모든 고통이 나의 선택이라는 점이다. 우리는 언제든 이 고통에서 벗어날 수 있는 능력을 가지고 있다.

한 여행자가 있었다. 그는 어느 날 길을 가다 한 사람에게 심한 모욕을 당했다. 너무나 화가 난 여행자는 그 순간의 분노와 상처를 잊지 않기 위해 길가에 있던 작은 바위를 주웠다.

"이 바위를 보며 그 사람을 절대 용서하지 않겠어." 그는 다짐했다.

여행자는 계속해서 길을 걸었고, 매일 그 바위를 들고 다녔다. 시간이 지날수록 바위는 더 무거워지는 것 같았다. 여행은 점점 더 힘들어졌고, 여행자의 어깨와 마음은 무거워졌다.

몇 년이 지나, 여행자는 한 현자를 만났다. 현자는 여행자가 들고 다니는 바위를 보고 물었다. "왜 그렇게 무거운 바위를 들고 다니시나요?"

여행자는 자신이 당한 모욕과 그 바위의 의미를 설명했다.

현자는 부드럽게 말했다. "그 사람은 이미 오래전에 그 일을 잊었을 텐데, 당신만 그 무거운 바위를 들고 다니고 있군요. 용서는 그 사람을 위한 것이 아니라 당신 자신을 위한 것입니다."

여행자는 그 말을 듣고 깊이 생각에 잠겼다. 그는 처음으로 자신이 얼마나 오랫동안 불필요한 고통을 겪어왔는지 깨달았다.

마침내 여행자는 바위를 내려놓기로 결심했다. 그 순간, 엄청난 해방감을 느꼈고 어깨의 무게가 사라졌다.

"나는 당신을 용서합니다." 여행자는 그 사람을 향해 마음속으로 말했다. 비록 그 사람은 이 용서에 대해 알지도 못했고, 사과하지도 않았지만, 여행자는 마침내 자유로워졌다.

용서는 상대방의 사과나 변화를 기다리지 않고, 우리 스스로를 위해 선택하는 것이다. 그것은 우리가 짊어진 분노와 원망의 무게를 내려놓고, 자유롭게 앞으로 나아갈 수 있게 해준다.

우리는 우리가 생각하는 것보다 소중하다

자신과 타인을 용서함으로써 마음의 짐을 덜어내는 법은 삶의 가장 중요한 과제 중 하나다. 상대방을 놓아주는 것이 곧 나를 놓는 일이며, 궁극적으로는 나를 위한 일이라는 깨달음은 우리를 자유로 이끈다. 그러나 많은 이들이 이 진리를 깨닫지 못한 채, 과거의 아픔과 원망에 묶여 살아간다.

과거에 묶여 있으면, 그 영향은 성인이 되어서도 계속된다. 시간이 흘러도 그 작은 쇠사슬 하나를 끊어내지 못하는 것이다. 과거의 상처나 분노를 놓지 못해 현재의 삶을 온전히 살지 못하고 있는 것이다.

이 쇠사슬은 감정, 사고방식, 행동 패턴에 깊이 박혀있다. 무의식적으로 이 쇠사슬을 끌고 다니며, 새로운 경험과 관계에서도 과거의 렌즈를 통해 세상을 바라본다. 이로 인해 같은 실수를 반복하거나, 새로운 기회를 놓치게 된다.

끊어내라.

끊어내고, 풀어주자.

우리는 이 쇠사슬을 끊어낼 힘을 가지고 있다. 그 첫걸음은 자기 내면을 들여다보고, 그 쇠사슬의 존재를 인식하는 것에서 시작된다.

용서는 이 길의 핵심이다. 타인을 용서한다는 것은 그들이 준 상처의 무게를 더 이상 짊어지지 않겠다는 결심이다. 그들을 위한 것이 아니라, 자신을 위한 행동이다. 용서를 통해 과거의 쇠사슬에서 벗어나, 현재에 온전히 존재할 수 있게 된다.

용서와 놓아줌은 삶을 변화시키는 도구이다. 그것은 과거의 굴레에서 벗어나게 해준다. 그리고 이를 통해 의미 있는 삶을 살아갈 수 있게 되는 것이다.

잡은 물고기 풀어주듯, 놓아주라

넬슨 만델라는 남아프리카 공화국의 인종차별 정책인 아파르트헤이트에 맞서 싸운 인권 운동가였다. 그는 이 활동으로 인해 27년 동안 감옥에 갇혀 있었다. 그가 수용된 로벤섬 교도소에서 그를 감시하던 교도관 중 한 명이 크리스토 브랜드였다.

만델라가 석방된 후, 그는 남아프리카 공화국의 대통령이 되었다. 놀랍게도 그는 자신을 감시했던 교도관들을 경호원으로 임명했고, 그중에는 크리스토 브랜드도 포함되어 있었다.

만델라는 이렇게 말했다. "감옥에서 나올 때, 나는 두 가지 선택을 할 수 있었습니다. 증오를 계속할 수도 있었고, 또는 화해를 선택할 수도 있었습니다. 나는 화해를 선택했습니다."

이 결정은 개인적인 용서를 초월하여, 국가적 화해의 상징이 되었다. 만델라는 자신을 억압했던 이들을 용서하고 함께 일함으로써, 남아프리카 공화국의 평화로운 전환과 화해를 이끌어냈다.

크리스토 브랜드는 후에 이렇게 회상했다. "만델라는 나에게 인간성을 가르쳐 주었습니다. 그는 나를 용서했을 뿐만 아니라, 나를 신뢰했습니다. 그의 용서는 나의 삶을 완전히 바꾸어 놓았습니다."

심리학 분야에서도 용서와 관련된 흥미로운 연구와 사례들이 있다. 그중 하나인 '용서 편지 실험'에 대한 것이다.

이 실험은 스탠포드 대학의 프레드 러스킨 박사가 주도한 연구다. 러스킨 박사는 용서가 정신 건강과 신체 건강에 미치는 영향을 연구했다.

실험에서는 참가자들에게 자신을 심하게 상처 준 사람에게 용서의 편지를 쓰도록 했다. 이 편지를 실제로 보내지는 않았지만, 참가자들은 자기 감정을 솔직하게 표현하고 용서의 과정을 거치도록 했다.

놀랍게도, 이 간단한 행위만으로도 참가자들의 건강에는 눈에 띄는 변화가 나타났다. 많은 참가자가 우울증, 불안, 스트레스 수준이 낮아졌다고 보고했다. 일부 참가자들은 만성 통증이 감소하고 수면의 질이 개선되었다고 말했다.

한 참가자는 이렇게 말했다. "편지를 쓰면서 내 안의 분노와 상처를 마주하게 되었어요. 처음엔 힘들었지만, 쓰면 쓸수록 마음이 가벼워지는 걸 느꼈습니다. 편지를 다 썼을 때는 무거운 짐을 내려놓은 것 같았어요."

러스킨 박사는 이 연구를 통해 용서가 실제적인 건강상의 이점을 가져다준다는 것을 증명했다. 그는 "용서는 과거를 바꾸는 것이 아니라, 현재와 미래를 바꾸는 것입니다"라고 말했다.

삶의 비밀은 아이러니 속에 꽃피운다. 그것을 이해해야 한다. 삶은 오직 아이러니 속에 존재한다. 언뜻 모순처럼 보인다. 버림으로 얻을 수 있고, 비움으로 채울 수 있으며, 놓아줌으로 해방될 수 있는 것이다.

시속 1,670km

불평하지 말자는 다짐을 하는 순간 삶은 새로운 빛으로 환하게 빛난다. 너무나 간단하다. 불평하지 않는 것이다. 아무런 조건이 없는 무조건적인 다짐이자 규칙인 셈이다. 자신의 삶에 있어 그 어떠한 불평도 안 하게 되면 삶은 조금씩하지만 완전히 바뀌게 된다. 그건 나의 태도가 바뀌었기 때문이다.

반드시 기억해야 한다.

불평이 없는 곳에 감사가 깃든다.

마음속에는 수많은 감정이 살고 있다. 영화에서처럼 이들이 내면을 지배한다. 불평은 이 감정 중 부정적인 것들이 목소리를 내는 방식이다.

불평하지 않기로 결심한다는 것은 그 감정을 억누르는 것이 아니다. 오히려 그 감정들을 인지하고 그것들과 함께 살아가는 법을 배우는 것이다.

이러한 태도 변화는 내면세계를 완전히 바꿔놓는다. 불평 대신에 상황을 있는 그대로 바라보게 된다. 좋은 것은 좋은 대로, 나쁜 것은 나쁜 대로 받아들이되, 그것에 대해 불필요하게 한탄하거나 원망하지 않는 것이다.

불평하지 않는 삶은 절대 쉽지 않다. 때로는 본능을 거스르는 것처럼 느껴질 수도 있다. 하지만 이는 자아를 발견하고 성장해 나가는 위대한 여정의 시작이다.

이러한 자기 수용은 평화롭고 만족스러운 삶으로 이끈다. 불평 대신 감사하는 마음을 갖게 되고, 작은 것에서도 기쁨을 찾을 수 있게 된다. 내면의 '기쁨'이라는 감정이 더 자주, 더 크게 목소리를 내는 것과 같다. 또한 대인관계를 개선시킨다. 스스로를 있는 그대로 받아들이게 되면 타인도 그렇게 대하게 된다. 진실한 관계를 만들어내며 삶을 풍요롭게 한다.

일상에서 수많은 순간 불평하고 싶은 충동을 느낀다. 아침에 일어나 출근길에 오르는 순간을 생각해보자. 늦잠을 자서 서둘러야 하고 버스는 평소보다 붐비며 날씨는 흐리고 습하다. 이런 상황에서 쉽게 불평할 수 있다.

"왜 하필 오늘 늦잠을 잤을까?", "이 버스는 왜 이렇게 사람이 많은거야?", "날씨는 또 왜 이렇게 꾸물거려?" 등의 생각이 떠오를 수 있다.

하지만 새로운 마음을 결심한 우리는 상황을 다르게 바라본다. 늦잠을 잔 것은 사실이지만 5분 만에 씻고, 입고, 먹고 밖으로 달려 나온 초능력에 감탄할 수 있다. 붐비는 버스는 불편하지만, 그만큼 사람들이 각자의 삶을 살아가고 있다는 것을 인식하며 사회의 활기와 동료애를 느낄 수 있다. 흐린 날씨는 기분을 차분하고 센티멘탈하게 만들어 준다.

또 다른 예로 직장에서 업무 스트레스를 받는 상황을 생각해보자. 마감 기한은 다가오는데 일은 계속 쌓이고, 동료와의 의견 충돌도 있을 수 있다. 쉽게 "왜 이렇게 일이 많아", "이 사람은 왜 내 말을 이해 못 하지" 등의 불평을 할 수 있다.

그러나 이제 우리는 이 상황을 성장의 기회로 바라본다. 많은 업무는 능력을 신뢰받고 있다는 증거일 수 있다. 동료와의 의견 충돌은 새로운 관점을 배우고 의사소통 능력을 향상시킬 수 있는 기회가 될 수 있다.

불평하지 않는다는 것은 문제를 무시하거나 부정하는 것이 아니다. 오히려 문제를 명확히 인식하고 그것을 해결하기 위해 적극적으로 행동하는 것이다. 교통 체증으로 인해 지각할 것 같은 상황에서 불평하는 대신, 다음에는 일찍 출발하거나 대체 경로를 찾아보는 등의 해결책을 모색할 수 있다.

세상을 바꾸는 방법

"모두가 세상을 변화시키려고 생각하지만 정작 스스로 변하겠다고 생각하는 사람은 없다."라는 톨스토이의 말은 삶의 본질을 정확히 짚어내고 있다. 우리는 세상이 우리의 기대에 맞춰 변하기를 바라며, 그렇지 않을 때 불평한다. 하지만 진정한 변화는 자신으로부터 시작된다.

불평하지 않기로 결심하는 것은 바로 이 자기 변화의 첫걸음이다. 외부 세계를 통제하려는 시도를 멈추고 내면을 들여다보는 것에서 시작한다.

이 과정에서 의외의 진실과 마주하게 된다. 동료의 행동에 대해 불평하던 자신이 사실은 비슷한 실수를 저지르고 있었음을 깨달을 수 있다. 또는 일상의 사소한 불편함에 대해 불평하던 우리가 실제로는 많은 것들에 대해 감사해야 할 이유가 있다는 것을 알게 될 수도 있다.

불평하지 않는 삶을 선택함으로써 자신을 변화시키는 동시에 주변 세계에도 긍정적인 영향을 미치게 된다. 그렇게 이해와 수용의 자세를 보일 때, 주변 사람들도 점차 그러한 태도를 배우게 된다.

이러한 변화는 개인적인 차원에 머무르지 않는다. 불평하지 않는 개인들이 모여 사회를 이루게 되면, 그 사회는 이해와 협력이 넘치는 곳이 된다. 문제가 발생했을 때 서로를 비난하지 않고 함께 해결책을 모색하는 문화가 형성되는 것이다.

생각해 보면 우린 불평과 불만으로 하루를 채운다. 긍정적인 부분으로 보지 않고 늘 불만에 가까운 목소리와 생각을 한다. 왜? 어떻게 된 거지? 이게 다야? 빨리 올 걸. 마음속에 일어나는 불만의 목소리를 빠짐없이 적어 놓는다면 어떻게 될까?

이러한 빈번한 불평과 불만은 심리와 감정에 영향을 미친다. 먼저 전반적인 기분을 저하시킨다. 계속 부정적인 생각에 노출되면 마음은 점점 어둡고 무거워진다.

나아가 불평의 습관은 사고 패턴 자체를 바꿔놓는다. 상황의 어두운 면만을 보게 되고, 긍정적인 측면을 놓치게 만든다. 어두운 색안경을 쓰고 세상을 바라보는 것과 같다. 결과적으로 행복감, 만족감, 감사함 등의 감정을 경험할 기회를 스스로 박탈하게 된다.

불평하는 습관은 또한 스트레스를 높인다. 끊임없이 불만을 느끼고 표현하는 것은 몸에 스트레스 호르몬을 분비하게 만든다. 단기적으로는 기분 저하와 피로감을 유발하고, 장기적으로는 신체적, 정신적 건강에 악영향을 미칠 수 있다.

더불어 지속적인 불평은 자아상과 자존감에도 영향을 준다. 늘 불만족스러운 상태에 있다 보면 스스로를 불행한 사람, 무능한 사람으로 인식하게 될 수 있다. 자신감 저하로 이어지고, 삶의 여러 영역에서 성과와 만족도를 떨어뜨리는 악순환을 만들어낸다.

불평은 대인관계에도 해를 끼친다. 늘 불평하는 사람과 함께 있는 것은 주변 사람들에게도 부정적인 에너지를 전달하게 되고, 관계의 질을 저하시킬 수 있다.

그러나 이러한 습관을 인식하는 것 자체가 변화의 첫걸음이 된다. 얼마나 자주, 어떤 상황에서 불평하는지 알아차리는 것만으로도 그 패턴을 바꿀 기회를 얻게 된다. 라일리가 감정들을 이해하고 조화롭게 만들어가는 것처럼 불평 습관을 이해하고 조절해 나갈 수 있다.

여기서 중요한 것은 비난하지 않는 것이다. 불평이 나올 때마다 자책하는 것은 또 다른 형태의 부정적 사고일 뿐이다. 대신 그 불평을 통해 진정으로 원하는 것이 무엇인지, 어떤 가치를 추구하고 있는지를 이해하려고 노력할 수 있다.

불평하지 않겠다고 다짐하는 순간부터 변화하기 시작한다. 단순한 말의 변화가 아니라 마음가짐의 근본적인 전환을 의미한다. 이런 다짐을 하면 자연스럽게 현재 순간에 집중하게 되고, 생각과 감정을 객관적으로 관찰하게 된다.

불평거리라고 생각했던 것들이 사실은 그렇게 큰 문제가 아니었다는 것을 깨닫기도 하고, 때로는 그 상황에서 오히려 감사할 점을 발견하기도 한다.

이렇게 상황을 다르게 바라보는 연습을 하다 보면, 전반적인 삶의 태도가 변하게 된다. 우리는 유연해지고 예상치 못한 상황에도 잘 대처할 수 있게 된다. 불평을 줄이면 자연스럽게 긍정적이고 건설적인 대화를 나누게 되고, 주변 사람들과의 관계를 부드럽게 만들 수 있다.

물론 이 일이 항상 쉽지만은 않을 것이다. 실패할 수도 있고 옛날의 불평 습관으로 돌아갈 수도 있다. 하지만 중요한 건 계속해서 노력하는 것이다. 매 순간 불평을 잊고 수용과

이해를 선택하려고 노력하는 그 자체로 이미 변화하고 있는
것이다.

　이런 변화는 시간이 지날수록 큰 영향을 주게 된다. 물방
울이 모여 큰 강을 이루듯이, 작은 노력들이 모여 결국에는
삶 전체를 변화시키게 되는 것이다. 그리고 이렇게 변화된
우리는 주변 세상에도 긍정적인 영향을 미치게 된다.

하늘 바라보기

　우리의 불평들은 우주의 광대한 규모에서 보면 정말 작고
사소한 것들이다. 천문학적 관점에서 보면 우리가 살고 있
는 지구는 우주의 한 점에 불과하다. 태양계는 은하계의 작
은 일부분이고, 우리 은하계 역시 수많은 은하들 중 하나일
뿐이다. 광대한 우주에서 인간의 존재는 상상할 수 없을 만
큼 작다.

　이런 관점에서 일상적인 불평들을 생각해보면 어떨까?
아침에 커피를 쏟았다거나, 기차를 놓쳤다거나, 동료가 아
이디어를 무시했다는 등의 불평거리들이 우주의 역사 138
억 년이라는 시간 속에서 어떤 의미를 가질까?

　교통 체증으로 30분 늦었다고 불평한다고 해보자. 이 30
분은 평균 수명의 약 0.00007%에 불과하다. 그리고 우리의

평생은 지구의 역사에서 찰나의 순간이고, 지구의 역사마저 우주의 역사에서는 아주 짧은 한순간일 뿐이다.

개인적인 성취나 실패에 대한 불평도 마찬가지다. 우주에는 수천억 개의 은하가 있고, 각 은하에는 수천억 개의 별이 있다. 광대한 규모에서 개인의 성공이나 실패가 얼마나 작은 것인지 상상해보자. 깊이 숨을 내쉬며 말해보자.

"별거 아니다."

이렇게 천문학적 관점에서 바라보면, 일상적인 불평들이 얼마나 사소한 것인지 깨닫게 된다. 하지만 개인의 감정이나 경험이 무의미하다는 뜻은 아니다. 오히려 이런 관점은 평온함과 여유를 줄 수 있다.

우주의 광대함 속에서 순간순간을 소중히 여기고 작은 것에도 감사하게 된다. 불평 대신 우리가 존재한다는 사실 자체의 놀라움과 경이로움을 느낄 수 있게 되는 것이다. 이렇게 시각이 바뀌면 일상의 불평거리들은 점점 작아지고 큰 평화와 만족을 느끼게 된다.

일상에 매몰되어 잊고 있지만, 사실 우리는 매 순간 놀라운 우주여행을 하고 있다. 지구가 자전하면서 동시에 태양 주위를 공전하고, 태양계 전체가 또 은하계 안에서 움직이고 있다. 이 모든 움직임이 동시에 일어나고 있는데, 그걸 느끼지 못한 채 살아가고 있다. 지구의 자전 속도는 시속 약 1,670km로 KTX의 최고 운행 시속 305km보다 5.5배 빠른 속도로 돌고 있다.

하늘을 올려다보는 것은 좋은 방법이다. 불평하고 싶을 때 하늘을 바라보면, 시야가 넓어지고 마음이 열리는 걸 경험할 수 있다. 푸른 하늘이든, 별이 빛나는 밤하늘이든, 그 광활함을 바라보면 걱정들이 상대적으로 얼마나 사소한지 느끼게 된다.

낮에 하늘을 올려다보면, 우리가 보는 푸른색이 사실은 지구를 감싸고 있는 대기층이라는 걸 생각해볼 수 있다. 이 얇은 층이 우리를 보호하고, 생명이 살 수 있는 환경을 만들어주고 있다. 이 사실을 떠올리면, 살아있다는 것 자체가 얼마나 경이로운 일인지 깨닫게 된다.

밤하늘을 바라볼 때는 더욱 놀라워진다. 별들 중 일부는 이미 수백, 수천 년 전에 사라졌을지도 모르는데, 그 빛이 지금 눈에 닿고 있다는 사실. 이런 생각을 하면 시간의 상대성을 느낄 수 있고, 우리의 일시적인 불평이 얼마나 덧없는 것인지 알게 된다.

하늘을 보면서 지구상의 모든 사람이 같은 하늘 아래 살고 있다는 사실을 떠올릴 수 있다. 모두가 연결되어 있다는 느낌을 준다. 개인적인 불평들이 얼마나 작은 것인지, 그리고 우리가 얼마나 큰 무언가의 일부분인지를 생각해보자.

그래서 불평하고 싶을 때 하늘을 보는 것은 정말 좋은 방법이다. 그것은 잠시 멈춰 서서 큰 그림을 바라볼 수 있는 기회를 준다. 시선을 좁은 일상에서 광활한 우주로 옮기면서, 넓은 시야와 깊은 이해를 얻을 수 있다. 그리고 이런 순간들이 모여 우리를 평온하고, 감사하며, 경이로움으로 가득 찬 삶으로 이끌어줄 수 있을 것이다.

한결 마음이 가벼워지는 취미

우리의 마음은 때때로 복잡하고 어지러운 공간과 같다. 내면세계와 외부 환경은 서로 밀접하게 연결되어 있다는 사실을 잊곤 한다. 청소라는 행위가 이 둘을 연결하는 고리가 될 수 있다.

주변을 정리하고 청소하는 일은 물리적 공간을 깨끗이 하는 것 이상의 의미를 지닌다. 그것은 마음을 정돈하는 과정이기도 하다. 어질러진 방을 치우면서 무의식적으로 내면의 혼란도 함께 정리하게 된다. 물건을 정리하고 먼지를 털어내는 행위는 마음을 고요하게 만들고, 잡념을 떨쳐내는 데 도움을 준다.

외부를 청소하고 난 뒤, 할 일은 마음을 청소하는 일이다. 부정적인 생각을 없애는 것이 아닌, 내면의 모든 요소를 인정하고 정리하는 일을 말한다.

판단하지 않는 태도는 넓은 이해의 세계로 인도한다. 마음의 청소 과정에서 특히 중요하다. 자신의 감정이나 행동을 판단하기 시작하면, 그것들을 있는 그대로 바라보고 받아들이기 어려워진다. 대신 그것들을 숨기거나 억압하려 들게 된다. 하지만 결국 내적 갈등과 불균형을 초래할 뿐이다.

이 태도는 자기 수용의 첫걸음이다. 자신을 있는 그대로 바라볼 때 비로소 자기 이해와 성장이 가능해진다. 정원사가 모든 식물을 동등하게 대하는 것과 같다. 잡초라고 여겨지는 식물도 생태계의 중요한 일부분이듯, 감정과 생각도 각자의 역할과 의미가 있는 것이다.

비밀의 방

마음의 청소를 할 때 주목해야 할 중요한 요소 중 하나는 '비밀 방'을 만드는 것이다. 이 비밀 방은 영화 '인사이드 아웃'에서도 등장했던 개념으로, 마음속에 존재하는 특별하고 비밀스러운 공간이다. 청소를 하는 이유도 실은 이 비밀 방을 만들기 위한 준비과정이다.

이 비밀 방의 가장 큰 특징은 그 크기가 무한대라는 점이다. 상상력이 닿는 한 얼마든지 확장되는 공간이며, 오직 본인만이 열어볼 수 있는 곳이다. 이 방은 마음의 청소에서 매우 중요한 역할을 한다.

마음을 청소하다 보면 발길에 걸리거나 걸리적거리는 것들을 만나게 된다. 해결되지 않은 고민들, 불편한 기억들, 버리기 아까운 습관들, 당장 해결할 수 없는 문제들 같은 것들 말이다. 이런 것들을 그대로 두면 마음 공간을 어지럽히고 일상을 방해하게 된다.

이때 이것들을 비밀 방으로 옮겨둘 수 있다. 고민, 생각, 기억, 불안 등 당장 해결책이 없거나 시간이 필요한 모든 것들을 이 방에 넣는 것이다. 이렇게 함으로써 현재의 마음 공간을 깨끗하고 넓게 유지할 수 있게 된다.

비밀 방에 넣어둔 것들은 원할 때만 꺼내볼 수 있다. 이것은 엄청난 자유를 준다. 누군가에게 이것은 구원과 같은 메시지일 것이다. 스스로를 괴롭게 하거나, 불필요하거나 보기 싫은 모든 것을 비밀의 방에 넣기만 하면 된다. 필요할 때 그것들을 살펴볼 수 있지만, 그렇지 않을 때는 그것들이 일상을 방해하지 않게 되는 것이다. 옷장에 옷을 정리해 두는 것과 비슷하다. 필요할 때 꺼내 입을 수 있지만, 평소에

183

는 눈에 띄지 않게 정리되어 있는 것처럼 말이다.

이러한 비밀 방의 개념은 마음 관리에 큰 도움을 준다. 우리는 모든 것을 즉시 해결하거나 처리할 수 없다. 시간이 필요하고, 때로는 잠시 잊어두는 것이 더 나을 수도 있다. 비밀 방은 이런 상황에서 완충 지대가 되어준다.

현재 해결할 수 없는 고민에 직면했다고 가정해보자. 이 고민을 계속 마음속에 두고 있으면 끊임없이 그것에 대해 생각하게 되고, 결국 스트레스와 불안이 쌓이게 된다. 하지만 이 고민을 비밀 방에 넣어두면, 잠시 그것에서 벗어나 다른 일에 집중할 수 있다. 그리고 나중에 준비되었을 때, 혹은 해결책을 찾았을 때 다시 그 고민을 꺼내어 대면할 수 있는 것이다.

비밀 방은 감정을 관리하는 데도 도움을 준다. 때로는 강렬한 감정들이 압도할 때가 있다. 이런 감정들을 비밀 방에 잠시 보관해두면, 그 감정에서 약간의 거리를 두고 객관적으로 상황을 바라볼 수 있다. 인사이드 아웃에서 각 감정 캐릭터들이 뒤로 물러나 다른 감정들이 역할을 할 수 있게 하는 것과 비슷하다.

비밀 방을 활용하는 것은 마음을 효율적으로 관리하는 방법이다. 이를 통해 현재에 집중할 수 있게 되고, 불필요한 스트레스와 걱정에서 벗어날 수 있다. 문제를 해결할 시간과 공간을 줌으로써, 장기적으로는 더 좋은 해결책을 찾게 해준다.

그러나 주의해야 할 점은 비밀 방이 문제를 회피하는 수단이 되어서는 안 된다는 것이다. 비밀 방은 임시 보관소일 뿐, 결국은 그 안의 내용물들을 다시 꺼내어 처리해야 한다. 따라서 주기적으로 비밀 방을 점검하고, 그 내용물들을 재평가하는 것이 중요하다.

심리학자들은 이를 '안전한 장소' 기법이라고 부르기도 한다. 이 기법은 스트레스 관리나 불안 완화에 사용되는데, 마음속에 아늑한 비밀 기지를 만드는 것과 같다. 상상력을 총동원해서 나만의 완벽한 안식처를 만드는 것이다. 누군가는 해변의 오두막을, 또 다른 사람은 산속의 아담한 통나무집을 상상할 수 있을 것이다.

이 상상의 공간에서는 여러분이 주인공이다. 문 앞에 "출입 금지! 마음의 평화만 반입 가능!"이라는 팻말을 걸어둘 수도 있고, 스트레스를 먹어 치우는 귀여운 몬스터를 키울 수도 있다. 심지어 중력 조절 장치를 설치해서 걱정거리들을 공중에 띄워놓을 수도 있겠다!

이 기법의 재미있는 점은 실제로 그곳에 가본 적이 없어도 된다는 것이다. 상상력이 곧 여행사이자 건축가, 인테리어 디자이너인 셈이다. 비행기 표도 필요 없고, 짐 싸는 번거로움도 없다. 그냥 눈을 감고 마음의 문을 열면 언제든 그곳으로 순간 이동할 수 있다.

심리학자들은 이런 상상의 공간이 실제로 우리 뇌에 긍정적인 영향을 미친다고 한다. 뇌에 작은 휴양지를 만드는 것과 같다고. 스트레스나 불안이 밀려올 때마다 이 비밀 장소로 잠깐 휴가를 다녀오는 것이다.

이 '안전한 장소' 기법에 대해 더 자세히 알아보자. 이 기법은 마음속에 비밀 아지트를 짓는 것이다. 어릴 때 나만의 비밀 기지를 만들고 싶어 했던 그 마음, 바로 그거다!

이 안전한 장소에는 나를 편안하게 하는 요소들을 넣을 수 있다. 좋아하는 향기, 듣기 좋은 소리, 편안한 질감 등 감각적 요소들을 포함한다. 바닐라 향이 나는 푹신한 구름 위에 앉아 있으면서 새소리를 들을 수 있는 장소. 아름다운 폭포가 떨어지는 장소. 아무것도 없는 깨끗한 빈방도 좋다.

심리학자들은 이 기법을 사용할 때 최대한 상세하게 상상하라고 조언한다. 그곳에 실제로 있는 것처럼 생생하게 느껴야 한다는 것이다. 발아래 느껴지는 땅의 촉감, 피부에 닿는 바람의 온도, 코끝에 스치는 향기까지 모두 포함해서 말이다.

이 안전한 장소는 고정된 것이 아니다. 기분이나 상황에 따라 변할 수 있다. 오늘은 조용한 숲속 오두막이 필요할 수 있고, 내일은 활기찬 해변이 좋을 수도 있다. 마음의 채널을 바꾸는 것처럼 자유롭게 전환할 수 있다.

이 기법은 특히 불안이나 공황 상태에 빠졌을 때 유용하다. 그런 순간에 안전한 장소를 떠올리면 뇌가 실제로 그곳에 있다고 착각하면서 안정을 찾게 된다.

또 흥미진진한 것은 이 장소에 상상의 조력자를 둘 수 있다는 것이다. 든든한 수호자나 지혜로운 조언자를 상상해서 함께 있을 수 있다. 때로는 이런 상상 속 친구가 실제 사람보다 좋은 위로가 될 수 있다고 한다.

빨간 머리 앤

이러한 '비밀 방' 혹은 '안전한 장소' 개념은 문학 작품에서도 자주 등장한다. 루시 모드 몽고메리의 소설 '빨간 머리 앤'에서 주인공 앤 셜리는 상상력이 풍부한 고아 소녀다. 그녀는 어려운 환경 속에서도 상상의 세계를 만들어 현실의 고통을 극복한다.

앤은 안전하고 편안한 장소에 들어가고 싶은 마음에 자신이 아름답고 이상적으로 여기는 요소들을 외부에 투영했다. 자신의 방을 '하얀 백합의 방'이라고 이름 짓는다. 이 방은 평범한 방이었지만, 앤의 상상력 속에서는 아름다운 궁전으로 변모한다. 그녀는 이 방에서 꿈과 희망을 키우고, 현실의 어려움을 잊는다.

또한 '숲속 요정의 둥지'라는 상상의 장소를 만든다. 이곳은 그녀가 스트레스를 받거나 슬플 때 도피하는 안전한 피난처가 된다. 이 상상의 장소에서 앤은 자유롭게 감정을 표현하고, 현실의 문제들을 잠시 잊을 수 있었다.

이 이야기는 상상력의 힘을 보여준다. 앤의 '마음의 방'들은 그녀에게 위안과 힘을 주는 원천이 되었다. 그녀는 이를 통해 어려운 상황을 극복하고, 긍정적인 마음가짐을 유지할 수 있었다.

이름을 붙이는 걸 보면 앤은 내면 아이와의 소통을 잘하고 있어 보인다. 세상의 어떤 불행도 그녀를 불행하게 만들지 못하고 있다. 어떤 문제든 상상과 내면 아이와의 소통으로 자신의 세상을 만들어 간다. 앤이 인사이드 아웃을 보았다면 나와 함께 많이 울었을 것이다. 앤은 누구보다 훌륭한 내면 아이 소통자이다.

마음의 방이라는 개념은 고대 그리스와 로마 시대부터 사용된 것으로 알려져 있다. 기억의 궁전(Mind palace)이 그것이다. 그 당시 수사학자들이 긴 연설 내용을 기억하기 위해 이 방법을 자주 사용했다. 현대에도 이 방법은 여전히 유용하다. 학생들이 시험을 준비할 때나, 연설을 준비하는 사람들에게 특히 도움이 된다.

이 기법은 아주 오래된 기억술 중 하나로, 말 그대로 머릿속에 "궁전"을 만들어 정보를 기억하는 방법이다. 자신이 잘 알고 있는 장소, 예를 들어 집이나 학교, 자주 가는 공원 같은 곳을 머릿속에 떠올리고, 기억하고 싶은 정보를 그 장소의 특정 지점에 배치하는 것이다.

중요한 발표 내용을 기억하고 싶다면, 현관문을 열면서 첫 번째 포인트를 떠올리고, 거실로 들어가서 두 번째 포인트를, 부엌에서는 세 번째 포인트를 기억하는 식이다. 이렇게 하면 정보를 훨씬 더 쉽게 기억할 수 있게 된다. 우리 뇌는 공간적 정보를 시각적으로 기억하는데 아주 뛰어나기 때문이다.

현대 심리학에서도 이와 유사한 개념을 찾아볼 수 있다. 칼 융의 '내면의 집' 개념이 그 예다. 융은 인간의 정신을 하나의 집으로 비유했다. 이 '내면의 집'은 여러 층과 방으로 구성되어 있다.

첫 번째 층은 일상적으로 의식하는 부분이다. 이곳은 밝고 정돈되어 있다. 하지만 융은 이것이 정신의 전부가 아니라고 말했다. 지하실은 무의식을 나타낸다. 이곳은 어둡고 혼란스러워 보일 수 있지만, 동시에 창의성과 직관의 원천이기도 하다. 융은 이 지하실을 탐험하고 정리하는 것이 자기 이해와 성장에 중요하다고 믿었다. 다락방은 높은 이상과 영적인 부분을 상징한다. 이곳은 꿈과 희망, 그리고 더 나은 자아에 대한 비전을 담고 있다.

융의 '내면의 집' 개념에서 중요한 것은 이 모든 공간을 인식하고 통합하는 것이다. 밝은 거실만큼이나 어두운 지하실도, 높은 다락방도 모두 소중히 여기고 돌봐야 한다는 것이다.

이 집을 정리하고 가꾸는 일은 곧 자기 성찰과 성장의 과정이다. 때로는 지하실의 오래된 물건들을 정리해야 할 수도 있고, 다락방에 새로운 창문을 내어 빛을 들여보내야 할 수도 있다. 이를 통해 자아를 발견하고 의미 있는 삶을 살 수 있게 된다. 그리고 이 길의 끝에는 내적 평화와 진정한 자유가 기다리고 있다.

강제된 마음챙김

찬물 샤워는 자기 성찰과 성장의 방법이다. 차가운 물줄기가 피부에 닿는 순간, 본능적으로 거부하고 싶어진다. 이 순간이 바로 마음을 들여다볼 수 있는 기회다. 왜 이 불편함을 피하려 하는가? 왜 안락함에 집착하는가? 이 질문들을 통해 내면세계로 한 걸음 더 들어갈 수 있다.

매일 아침 차가운 물줄기 아래 서는 것은 작지만 큰 도전이다. 이 도전을 극복할 때마다 자신감과 성취감을 얻는다. 삶의 다른 영역에도 긍정적인 영향을 미친다. 어려움 앞에서 더 강해지고, 인내심 있게 대처할 수 있게 된다.

차가운 물이 온몸을 적실 때, 모든 감각은 그 순간에 집중

된다. 과거의 후회나 미래에 대한 불안은 잠시 잊히고, 오직 지금 이 순간만이 존재한다. 마음챙김의 훌륭한 연습이 될 수 있다. 일상의 작은 순간들에 몰입하는 법을 배우게 된다.

처음에는 두려움, 저항, 불편함 등 부정적인 감정이 주를 이룰 수 있다. 하지만 이걸 지속하다 보면 감정들이 어떻게 변화하는지 관찰할 수 있다. 점차 두려움은 흥분으로, 저항은 수용으로, 불편함은 상쾌함으로 바뀐다. 이러한 감정의 변화를 경험하며, 내면세계를 새롭게 이해하게 된다.

찬물 샤워의 효과를 더 들여다보면, 이 간단한 습관이 정신적, 육체적 건강에 미치는 광범위한 영향을 알 수 있다. 우선, 스트레스 대처 능력을 향상시킨다. 차가운 물에 노출되면 몸은 일시적인 스트레스 상태에 놓이게 된다. 이때 코르티솔과 같은 스트레스 호르몬이 분비되지만, 동시에 이를 조절하는 메커니즘도 작동한다. 이 과정을 반복하면서 몸은 스트레스에 효과적으로 대응하는 법을 학습한다.

찬물 샤워는 면역 체계를 강화한다. 추위에 노출되면 백혈구의 생성이 촉진되는데, 몸의 방어 체계를 더욱 튼튼하게 만든다. 신체적 건강에만 국한되지 않는다. 강화된 면역 체계는 정신적 회복력에도 좋은 영향을 미친다. 몸이 건강해지면 마음도 안정되고, 일상의 도전을 더 잘 극복할 수 있게 된다.

차가운 물에 몸을 담그는 순간, 강한 불쾌감을 느낄 수 있다. 하지만 이 순간을 의식적으로 받아들이고 호흡을 조절하면서, 부정적인 감정을 관리하는 방법을 배우게 된다. 이러한 경험은 일상에서 마주치는 다양한 감정적 도전을 잘 다룰 수 있게 해준다.

정신 나간 짓

매일 아침 불편함을 극복하는 경험은 작은 성취감을 준다. 성취감의 누적은 자신감을 높이고, 더 큰 도전들을 받아들일 수 있는 용기를 준다. 결과적으로 삶의 기복을 유연하게 받아들이고, 어려운 상황에서도 빠르게 회복할 수 있는 능력을 갖게 된다.

찬물 샤워를 하는 순간 마음의 움직임을 굉장히 잘 느낄 수 있다. 찬물 샤워를 하려고 마음먹는 순간, 물을 틀고 찬물을 발끝과 손끝으로 느끼는 순간의 절망감, 이렇게 찬물에 닿으면 심장마비가 오는 게 아닌가? 하는 두려움, 내가 이 자의 말을 왜 따라야 하는가? 하는 회의감, 이렇게까지 마음을 알아야 하는가? 하는 끝없는 자기 불신, 찬물이 온몸으로 처음 쏟아질 때 입에서 나오는 비명, 피부 속을 파고

드는 냉기를 느끼며 이건 사람이 할 짓이 아니라는 생각이
든다.

1초 1초가 굉장히 길다는 생각, 10초 정도를 견디는 것이
엄청난 일임을 깨닫게 되는 순간, 드디어 샤워를 마치고 느
껴지는 자신감, 온몸으로 퍼지는 도파민에 의한 각성, 정신
이 깨어난다는 느낌, 처음과 달리 할 만하며 기분이 좋아진
다는 생각. 이 수많은 마음의 움직임과 속삭임과 혼란과 방
황이 찬물 샤워라는 간단한 행위 속에 일어난다. 이 많은 정
신적인 과정을 단 한 번의 샤워로 이끌어 내고 경험하고 깨
달을 수 있다.

찰스 다윈의 물 치료 경험은 그의 개인적인 건강 문제와
밀접하게 연관되어 있다. 다윈은 생애 동안 만성적인 건강
문제로 고통받았는데, 그의 연구와 일상생활에 큰 영향을
미쳤다. 그는 지속적인 피로, 두통, 메스꺼움, 복통 등의 증
상을 겪었으며, 이러한 증상들의 원인을 찾기 위해 여러 가
지 치료법을 시도했다.

1849년, 다윈은 당시 유행하던 '물 치료'를 시도하기로
결심한다. 그는 영국 몰번(Malvern)에 있는 제임스 거리 박사
의 수치료 시설을 방문했다. 이곳에서 찬물 샤워, 젖은 수건
으로 몸을 감싸는 요법, 찬물 목욕 등 다양한 형태의 물 치

료를 경험했다.

다윈의 일과는 매우 엄격했다. 아침 일찍 일어나 찬물 샤워를 하고, 젖은 수건으로 몸을 문지른 후, 빠른 걸음으로 산책을 하는 것으로 하루를 시작했다. 이후에는 찬물 목욕을 하고, 다시 젖은 수건으로 몸을 감쌌다. 이 일을 하루에 여러 번 반복했다.

놀랍게도, 다윈은 물 치료를 통해 상당한 증상 완화를 경험했다고 보고했다. 일기와 편지에서 이 치료법이 건강 상태를 크게 개선했다고 언급했다. 특히 그는 만성적인 피로감이 줄어들고, 일상 활동을 훨씬 잘 수행할 수 있게 되었다고 기록했다.

다윈은 이 경험으로 찬물의 치료 효과에 대해 큰 관심을 두게 되었다. 물 치료가 몸을 씻는 것 이상의 효과가 있다고 믿었으며, 이를 일상 루틴에 포함시켰다. 몰번에서 돌아온 후에도, 집에서 간단한 물 치료를 계속 실천했다.

다윈의 경험은 개인의 건강 관리 차원을 넘어선다. 그의 과학적 사고방식과도 연결된다. 다윈은 건강 상태와 치료 효과를 꼼꼼히 관찰하고 기록했는데, 그의 과학자로서의 면모를 잘 보여준다. 자기 몸을 일종의 실험 대상으로 삼아, 물 치료의 효과를 체계적으로 관찰하고 분석했다.

그의 명성과 영향력 덕분에 물 치료에 관한 관심이 높아졌고, 여러 연구와 실험으로 이어졌다. 물론 오늘날의 관점에서 보면, 당시의 물 치료는 과학적 근거가 부족한 면이 있었다. 하지만 현대 의학에서 주목받고 있는 '냉요법'의 초기 형태로 볼 수 있다.

북유럽의 사우나 문화는 수천 년의 역사를 가진 전통이다. 특히 핀란드에서 사우나는 국가적 정체성의 하나로 여겨진다. 핀란드에는 "사우나에서 태어나 사우나에서 죽는다"라는 말이 있을 정도로 사우나는 일상생활의 필수적인 부분이다.

전통적인 핀란드 사우나는 나무로 지어진 작은 건물로, 내부에는 뜨거운 돌을 올려놓은 화로가 있다. 이 돌에 물을 뿌려 증기를 만들어 열과 습도를 조절한다. 사우나 내부 온도는 보통 80-100°C 정도로 매우 높다.

사우나 문화의 핵심적인 부분 중 하나는 뜨거운 사우나 후 찬물에 뛰어드는 것이다. 보통 근처의 호수나 바다, 또는 눈 속으로 뛰어드는 형태로 이루어진다. 이러한 극단적인 온도 변화는 혈액 순환을 촉진하고, 엔도르핀 분비를 증가시켜 기분을 좋게 만든다고 믿어진다.

북유럽 사람들은 사우나가 신체적, 정신적 정화의 과정이라고 여긴다. 뜨거운 증기가 몸의 독소를 배출하고, 근육의 긴장을 풀어주며, 스트레스를 해소한다고 믿는다. 차가운 물에 뛰어드는 행위는 면역 체계를 강화하고 전반적인 건강에 도움이 된다고 생각한다.

사우나는 중요한 사회적 공간이다. 가족, 친구들과 함께 사우나를 즐기는 것은 일상적인 일이며, 대화와 유대감 형성의 기회가 된다. 비즈니스 미팅이나 정치적 논의가 사우나에서 이루어지는 때도 있다.

핀란드에서는 사우나가 평등의 상징이기도 하다. 사우나 안에서는 사회적 지위와 직함이 사라지고, 모두가 동등하게 여겨진다. 핀란드 사회의 평등주의적 가치관을 반영한다.

출산과 죽음의 의식과도 연관되어 있었다. 과거에는 사우나에서 아이를 낳기도 했고, 죽은 사람의 시신을 씻기기도 했다. 사우나가 인생의 중요한 순간들과 연결된 신성한 공간으로 여겨졌음을 의미한다.

북유럽의 사우나 문화는 세계적으로 인정받아 2020년 유네스코 무형문화 유산으로 등재되었다. 사우나 문화가 목욕 습관을 넘어 심오한 문화적, 사회적 의미를 지니고 있음을 보여준다.

이처럼 북유럽의 사우나 문화는 건강, 사회성, 평등, 정신적 정화 등 다양한 요소가 복합된 총체적인 문화 현상이다. 찬물 샤워와 마찬가지로, 극단적인 온도 변화를 통해 몸과 마음의 균형을 찾는 이 전통은 현대인들에게도 많은 시사점을 제공한다.

짜릿한 쾌감과 짜릿한 고통

찬물 샤워의 효과는 과학적으로도 입증되고 있다. 최근 연구에 따르면, 규칙적인 찬물 노출은 갈색 지방 활성화를 촉진한다. 갈색 지방은 체열 생산과 에너지 소비에 중요한 역할을 하며, 체중 관리와 대사 건강 개선에 도움이 될 수 있다. 또 추위에 노출되면 혈관이 수축했다가 이후 확장되는데, 이러한 일이 반복되면서 혈관의 탄력성이 향상된다. 장기적으로 고혈압 예방과 심장 건강 증진에 기여할 수 있다.

피부 건강에도 이로운 점이 있다. 차가운 물은 모공을 수축시켜 피부를 탄력 있고 매끄럽게 만든다. 혈액 순환을 촉진하여 피부에 영양 공급을 증가시키고, 결과적으로 피부색과 감촉을 개선한다.

운동 후 찬물 샤워는 근육 회복에 도움이 된다. 염증을 줄이고 젖산 제거를 촉진하여 근육통을 완화하고 회복 시간을 단축시킨다. 운동선수들 사이에서 널리 활용되는 방법이다.

샤워는 수면의 질 향상에도 기여한다. 취침 전 찬물 샤워는 체온을 낮추는데, 수면 호르몬인 멜라토닌 분비를 촉진한다. 빨리 잠들고 깊은 수면을 취할 수 있게 된다.

한편, 심리적 효과도 주목할 만하다. 일종의 '강제된 마음챙김' 상태를 만들어낸다. 차가운 물에 노출되는 순간, 주의는 자연스럽게 현재의 감각에 집중된다. 일상의 스트레스와 걱정에서 벗어나 순간에 집중하는 훌륭한 연습이 된다.

샤워 루틴은 자기 규율을 강화하는 방법이 될 수 있다. 매일 아침 찬물 샤워를 선택하는 것은 작지만 중요한 결정이다. 이러한 작은 승리들이 쌓여 더 큰 목표를 향한 동기부여와 자신감으로 이어질 수 있다.

그러나 찬물 샤워가 모든 사람에게 적합한 것은 아니다. 심장 질환이나 고혈압 환자, 임산부 등은 주의가 필요하다. 너무 차가운 물이나 장시간의 노출은 오히려 건강에 해로울 수 있으므로 적절한 온도와 시간을 지키는 것이 중요하다. 시작할 때는 점진적인 접근이 필요하다. 처음부터 완전히 차가운 물로 샤워하기는 어려울 수 있으므로, 미지근한 물에서 서서히 온도를 낮추는 것이 좋다. 전신이 아닌 특정 부위부터 시작하여 점차 확대해 나가야 한다.

효과를 극대화하기 위해서는 일관성이 필요하다. 불규칙적으로 실천하는 것보다는 매일 조금씩이라도 꾸준히 하는 게 좋다. 신체적 적응뿐만 아니라 정신적 훈련의 측면에서도 그렇다. 샤워 시 호흡을 활용하면 그 효과를 더욱 높일 수 있다. 깊고 천천히 호흡하는 것은 차가운 물에 대한 신체의 반응을 조절하고, 더 오랜 시간 견딜 수 있게 해준다. 스트레스 관리 기술을 향상하는 데도 도움이 된다.

어떤 면으로 보자면 샤워는 명상의 한 형태로 볼 수도 있다. 차가운 물줄기에 집중하면서 생각과 감정을 관찰하는 것은 자기 인식을 높이는 좋은 방법이다. 이를 통해 일상에서 평온함과 균형을 찾을 수 있다.

이 일은 한계를 극복하고 성장하는 것을 상징한다. 처음에는 불가능해 보이던 것이 시간이 지나면서 가능해지고, 심지어 즐거운 경험으로 변모하는 과정은 삶의 다른 영역에도 적용될 수 있는 특별한 교훈을 준다. 우리가 생각했던 것보다 훨씬 강하고 적응력이 뛰어나다는 사실을 깨닫게 해준다.

지금 여기

인간은 명상함으로 인간이 된다. 명상은 마음을 비우는
행위가 아니라 내면의 감정과 생각을 환영하는 일이다. 거
부하고 부정하는 순간 그 에너지는 더 강하게 우릴 옭아맨
다. 모든 것을 환영하자. 기쁨, 슬픔, 분노, 두려움, 불안 등
감정은 나를 인간답게 만드는 요소들이다.

더 나아가 명상은 감정적 반응에 대한 통찰력을 제공한
다. 특정 상황에서 왜 그런 감정이 일어나는지, 그 감정이
행동에 어떤 영향을 미치는지 이해하게 된다. 자신과 타인
과의 관계 개선으로 이어진다.

명상은 특별한 장소나 시간, 복잡한 기술이 필요한 것이

아니다. 현재 순간에 주의를 기울이는 것으로 시작된다. 자기의 생각과 감정을 관찰자의 관점에서 바라볼 수 있다.

명상은 '지금 여기'에 존재하는 법을 가르친다. 그것은 과거의 후회나 미래의 걱정에서 벗어나게 하고, 현재의 순간을 온전히 경험하게 해준다. 이를 통해 삶을 깊이 음미하고 감사할 수 있게 된다.

호흡 세기 명상법은 마음의 안정과 집중력 향상을 위한 기본적이면서도 효과적인 명상 기법 중 하나다. 이 기법의 기원은 고대 불교 전통으로 거슬러 올라간다. 특히 초기 불교의 아나파나사티(Anapanasati) 수행법에서 그 뿌리를 찾을 수 있는데, '호흡에 대한 마음챙김'을 말한다.

이 명상법의 핵심은 단순하다. 호흡에 주의를 기울이며 들숨과 날숨을 세는 것이다. 이 행위가 마음을 현재 순간에 고정시키는 앵커 역할을 한다.

호흡 세기 명상의 방법은 다음과 같다. 먼저 편안한 자세로 앉는다. 눈을 감거나 부드럽게 내리깔고, 자연스럽게 호흡한다. 들숨과 날숨을 한 세트로 세어나간다. 들숨에 '하나', 날숨에 '하나'라고 마음속으로 센다. 이렇게 정해진 숫자까지 세어 올라간 후 다시 처음부터 시작한다.

여기서 중요한 점은 판단하지 않는 태도다. 마음이 방황하여 다른 생각으로 빠져나가는 것은 자연스러운 현상이다. 그럴 때마다 부드럽게, 하지만 단호하게 주의를 호흡으로 되돌린다.

호흡 명상은 간단해 보이지만 강한 효과가 있다. 이 명상을 통해 현재에 머무는 법을 배운다. 자기 자신과 깊은 관계를 맺게 되며, 내면의 평화를 경험하게 된다. 스트레스 감소, 집중력 향상, 감정 조절 능력 증진 등의 효과도 있다.

이 명상법은 특별한 준비나 환경이 필요하지 않으며, 언제 어디서나 실천할 수 있다. 잠들기 전 침대에서, 출근길 지하철에서, 또는 잠깐의 휴식 시간에 할 수 있다. 일상이 곧 명상의 장이 될 수 있음을 보여준다.

현대의 명상

실리콘 밸리는 세계 최고의 기술 혁신 중심지로 알려졌지만, 최근에는 명상에 대한 열정으로도 주목받고 있다. 많은 기술 중심 기업들이 직원들을 위한 명상 프로그램을 도입하고 있다. 페이스북, 트위터, 애플 등 유명 기업들이 사내에 명상실을 마련하고, 정기적인 명상 세션을 제공하고 있다.

특히 주목할 만한 것은 이러한 흐름이 직원 복지 차원을 넘어선다는 점이다. 여러 기업가와 개발자들이 명상을 창의성과 혁신의 원천으로 여기고 있다. 트위터와 스퀘어의 공동 창업자인 잭 도시는 매일 아침 명상을 하며 하루를 시작한다고 알려져 있다. 그는 명상이 스트레스 관리뿐만 아니라 창의적 사고와 문제 해결 능력 향상에도 도움이 된다고 말한다.

많은 스타트업 창업자들이 명상을 통해 얻은 통찰력을 바탕으로 새로운 비즈니스 아이디어를 얻었다고 한다. 이들은 명상으로 큰 그림을 볼 수 있게 되었고, 혁신적인 제품과 서비스 개발로 이어졌다고 말한다.

실리콘 밸리의 이 유행은 전통적으로 과학과 기술의 영역으로 여겨졌던 곳에서 명상이라는 고대의 지혜가 어떻게 새롭게 해석되고 활용되고 있는지를 보여준다.

이러한 현상은 명상이 스트레스 해소나 내적 평화를 위한 방법을 넘어, 21세기의 핵심 역량인 창의성과 혁신을 촉진하는 길로 인식되고 있음을 보여준다. 실리콘 밸리의 명상 열풍은 앞으로 기업 문화와 혁신 방식에 어떤 영향을 미칠지 지켜볼 만한 흥미로운 주제다.

미국 메릴랜드주의 한 초등학교에서 일어난 일이다. 로버트 W. 콜먼 초등학교는 높은 범죄율과 빈곤으로 악명 높은 지역에 위치해 있었다. 학생들은 매일 폭력과 스트레스에 노출되어 있었고, 그들의 학업과 행동에 부정적인 영향을 미쳤다.

2013년, 이 학교는 '홀리스틱 미' 프로그램을 도입했다. 이 프로그램의 핵심은 매일 아침과 오후에 학생들이 15분간 '마음챙김 명상'을 하는 것이었다. 학생들은 조용히 앉아 호흡에 집중하고, 자기감정을 관찰하는 법을 배웠다.

처음에는 많은 사람이 의심의 눈초리를 보냈다. 하지만 시간이 지나면서 놀라운 변화가 일어났다. 학교 폭력 사건이 크게 줄어들었고, 학생들의 집중력과 학업 성취도가 향상되었다. 놀라운 것은 정학 처분을 받는 학생의 수가 거의 없어졌다는 것이다.

한 학생은 이렇게 말했다. "예전에는 화가 나면 주먹부터 나갔어요. 하지만 이제는 잠깐 멈추고 숨을 고르는 법을 알게 됐어요. 그러면 더 좋은 선택을 할 수 있게 돼요."

교사들도 변화를 느꼈다. 한 교사는 "교실 분위기가 완전히 달라졌어요. 아이들이 차분해지고, 서로를 배려하게 되었습니다"라고 말했다. 이 프로그램의 성공은 전국적인 주목을 받았고, 많은 다른 학교들도 유사한 프로그램을 도입하기 시작했다. 콜먼 초등학교의 사례는 명상이 어떻게 어려운 환경의 아이들에게 희망과 변화를 줄 수 있는지를 보여주는 아름다운 예시가 되었다.

이 이야기는 명상의 힘이 사회를 변화시킬 수 있다는 것을 보여준다. 그것은 어려운 상황에서도 내면의 평화를 찾는 법을 배우면, 외부 환경을 극복하고 더 나은 삶을 만들어 갈 수 있다는 희망의 메시지를 전한다.

사랑의 다른 이름 명상

바디 스캔 명상은 현대 마음챙김 수행의 핵심 요소 중 하나로, 존 카밧진(Jon Kabat-Zinn)이 개발한 마음챙김 기반 스트레스 감소(MBSR) 프로그램의 하나다. 이 기법은 주의를 신체 감각에 체계적으로 집중시키는 방법이다.

바디 스캔의 목적은 신체의 각 부분에 대한 인식을 높이고, 현재 순간의 감각에 집중하는 것이다. 마음을 안정시키고 스트레스를 줄이는 데 도움이 된다.

방법은 다음과 같다. 편안한 자세로 눕거나 앉는다. 눈을 감고 몇 번 깊게 호흡한다. 발끝부터 시작하여 천천히 몸 전체를 훑어 올라간다. 각 신체 부위에 주의를 기울이며 그곳의 감각을 느껴본다.

발가락, 발바닥, 발등, 발목, 종아리, 무릎 등의 순서로 올라간다. 각 부위에서 느껴지는 감각에 집중한다. 따뜻함, 차가움, 압박감, 가벼움 등 어떤 감각이든 괜찮다. 특정 부위에 긴장이 느껴진다면, 의식적으로 그 부위를 이완시켜 본다.

이렇게 발부터 머리까지 전신을 훑어 올라간다.

마지막으로 전체 몸의 감각을 한 번에 느껴본다.

한동안 마음이 떠도는 것은 자연스러운 일이다. 그럴 때마다 부드럽게 주의를 다시 신체 감각으로 가져온다.

바디 스캔 명상의 장점은 그 접근성에 있다. 누워서 하면 편안하지만, 앉아서 혹은 심지어 서 있는 상태에서도 할 수 있다. 시간도 상황에 따라 유연하게 조절할 수 있어, 짧게는 5분에서 길게는 30분 이상까지 가능하다.

이 명상법은 스트레스 감소, 수면의 질 향상, 신체 인식 증가 등의 효과가 있다고 알려져 있다. 특히 만성 통증이 있는 사람들에게 도움이 될 수 있다.

바디 스캔은 자신을 현재 순간으로 데려오는 방법이다. 이를 통해 끊임없이 움직이는 생각들에서 벗어나 지금 여기의 경험에 집중할 수 있게 된다. 이 간단하지만 효과적인 명상법을 통해 일상에서 잠시나마 휴식과 평화를 찾을 수 있다. 꾸준한 실천은 신체와 마음 사이의 연결을 강화하고 전반적인 웰빙을 증진할 것이다.

명상의 효과는 과학적으로도 입증되고 있다. 신경과학 연구에 따르면, 규칙적인 명상은 뇌의 구조와 기능을 변화시킬 수 있다. 특히 스트레스 반응과 관련된 편도체의 활동이 감소하고, 주의력과 감정 조절에 관여하는 전전두엽의 활동이 증가하는 것으로 나타났다.

명상은 텔로미어 길이에 긍정적인 영향을 미치는 것으로 밝혀졌다. 텔로미어는 염색체 끝에 있는 구조로, 세포 노화와 관련이 있다. 연구에 따르면 장기간 명상을 실천한 사람들은 그렇지 않은 사람들에 비해 텔로미어 길이가 길게 유지되는 경향이 있었다.

명상의 또 다른 중요한 측면은 마음의 유연성을 기르는데 도움을 준다는 점이다. 우리는 고정된 사고 패턴에 갇혀 새로운 관점을 받아들이기 어려워한다. 그러나 명상을 통해 생각과 감정을 객관적으로 관찰하는 능력을 기를 수 있다. 상황을 다양한 각도에서 바라보고, 창의적이고 유연한 방식으로 문제를 해결할 수 있게 해준다.

많은 사람들이 자신의 진짜 욕구나 가치관을 깊이 생각해볼 기회 없이 살아간다. 하지만 명상은 우리에게 내면의 소리에 귀 기울일 수 있는 시간과 공간을 제공한다. 이를 통해 자신의 열정과 목표를 발견하고, 더 의미 있는 삶의 방향을 설정할 수 있다.

아모르 파티(Amor Fati)

삶의 핵심에는 자기 사랑이 있다. 자신을 사랑하는 일이 모든 사랑의 시작이며, 세상을 사랑하기 전에 나를 사랑해야 한다. 자기만족이 아니라 자신을 인정하고 받아들이는 것에서 시작한다. 그러나 부정적으로 여겨지는 감정들을 무시하거나 억누르려 한다. 이는 자신의 일부를 거부하는 것과 다름없다.

우리는 자주 자신을 비난하고 자책한다. 하지만 이런 순간에도 본인을 향한 연민과 이해의 마음을 가져야 한다. 불완전함을 인정하고, 그것조차 사랑할 수 있어야 한다. 이것이 바로 '아모르 파티', 즉 '운명애'의 정신이다. 니체가 말한 이 개념은 운명을 받아들이는 것을 넘어, 자신의 모든 것을 사랑하는 태도를 의미한다.

이러한 자기 사랑은 더 넓은 사랑의 기반이 된다. 나를 온전히 사랑하고 받아들일 때, 다른 이들도 그렇게 대할 수 있게 된다. 우리 안의 다양성을 인정하고 포용할 때 세상의 다양성도 잘 이해하고 존중할 수 있다.

삶의 목표는 완벽해지는 것이 아니라 온전해지는 것이다. 완벽은 숨 막히는 무언가이고, 온전은 자연스러운 무언가다. 숨 막히게 살지 말아야 한다. 그렇게 사는 건 오직 죽음뿐이다. 빛나는 면도, 그림자 진 면도 모두 우리의 일부다. 이 모든 것을 있는 그대로 받아들이고 사랑할 때 비로소 평화와 행복을 찾을 수 있다.

어느 마을에 돌을 깎아 완벽한 구를 만드는 장인이 살았다. 그는 수년간 끊임없이 돌을 갈고 닦아 완벽한 구를 만들려 노력했지만, 언제나 작은 흠이 남았다.

어느 날, 한 어린아이가 장인의 작업실을 방문했다. 아이는 장인이 버린 '불완전한' 돌들을 보고 감탄했다. "와, 이 돌들이 정말 아름답네요!"

장인은 놀라며 물었다. "하지만 이것들은 모두 결함이 있는 돌들이야."

아이는 환한 얼굴로 대답했다. "그래서 더 특별해 보여요. 각각의 돌이 자신만의 이야기를 가지고 있는 것 같아요."

그 순간 장인은 깨달았다. 온전함은 완벽함이 아니라 자신의 모든 면을 받아들이는 것임을. 그는 더 이상 완벽한 구를 만들려 하지 않고, 대신 각 돌의 고유한 특성을 살려 작품을 만들기 시작했다.

시간이 지나자 장인의 작품은 전 세계적으로 유명해졌다. 사람들은 그의 작품에서 자연의 아름다움과 인간의 솜씨가 조화롭게 어우러진 온전함을 발견했다.

온전함이란 완벽을 추구하는 것이 아니라 우리의 모든 면을 받아들이고 그것을 우리만의 독특한 이야기로 만드는 것임을 보여준다.

니체가 인사이드 아웃을 보았다면

프리드리히 니체의 삶과 철학은 아모르 파티의 정신을 잘 보여준다. 니체는 평생 심각한 건강 문제로 고통받았지만, 이러한 고통을 철학적 통찰의 원천으로 삼았다. 그는 고통으로 삶의 본질을 이해하게 되었고, 이를 통해 그의 철학은 깊이와 진실성을 갖게 되었다.

니체는 "즐거운 학문"에서 이렇게 썼다. "내가 앞으로 영원히 살아야 한다면, 나는 지금까지 살아온 대로 살 것이다. 나는 다시 한번 똑같은 삶을 살겠다." 이 구절은 아모르 파티의 본질을 담고 있다. 삶을 있는 그대로 받아들이고, 그것을 무조건적으로 사랑하는 태도다.

아모르 파티는 삶을 새로운 시각으로 바라볼 것을 요구한다. 그것은 우리가 겪은 모든 경험, 모든 선택, 모든 실수가 지금의 나를 만들었다는 것을 인식하고, 그 모든 것에 감사하는 마음을 갖는 것이다. 과거에 대한 후회나 미래에 대한 불안에서 벗어나, 현재의 순간을 온전히 살아가는 방법이다.

니체가 제시한 "지금까지의 삶을 똑같이 다시 살 것인가?"라는 질문은 삶에 대한 근본적인 태도를 성찰하게 만드는 질문이다. 이 질문에 진심으로 "그렇다"라고 대답할 수 있다는 것은 아모르 파티의 정신을 온전히 체화했다는 의미다.

이러한 대답은 먼저 자신의 삶을 그대로 받아들인다는 것을 말한다. 삶에는 기쁨과 성공의 순간도 있지만, 동시에 슬픔과 실패의 순간도 있다. 아모르 파티는 이 모든 순간을 똑같이 소중하게 여기고 받아들이는 태도다.

나아가, 삶의 어렵고 고통스러운 순간까지도 포용한다는

뜻을 담고 있다. 니체는 고통을 피하거나 부정하지 않고 오히려 그것을 통해 성장하고 강해질 수 있다고 믿었다. 우리의 고통과 시련을 삶의 중요한 부분으로 인정하고, 그것이 준 교훈과 성장의 기회를 소중히 여기는 태도다.

아모르 파티는 우리가 내린 선택, 저지른 실수, 이룬 성공, 겪은 실패를 자신의 일부로 인정하는 것을 말한다. 과거의 선택을 후회하거나 실수를 부정하고 싶어 한다. 하지만 아모르 파티는 이것이 나를 형성한 중요한 요소라고 말한다.

아모르 파티는 삶의 모든 측면에 대해 후회 없이 긍정적인 태도를 보이는 것을 말한다. 현실에 순응하는 소극적인 태도가 아니다. 오히려 삶의 모든 순간을 적극적으로 긍정하고 사랑하는 열정적인 태도다. 삶이 어떤 모습이든, 그것을 사랑하고 받아들일 때 자유와 힘을 얻을 수 있다는 것이 니체의 믿음이었다.

아모르 파티의 정신은 삶을 예술 작품처럼 대할 것을 제안한다. 각자가 자기 삶의 작가이자 주인공이 되어 고유한 가치와 의미를 창조해나가는 것이다. 주어진 가치관을 따르는 것이 아니라, 스스로 가치를 만들어내는 능동적인 일이다.

자기 사랑은 이기적인 것이 아니다. 오히려 그것은 가장 이타적인 행동일 수 있다. 왜냐하면 자신을 진정으로 사랑하는 사람만이 다른 이들도 진심으로 사랑할 수 있기 때문이다. 자기 사랑은 세상과 소통하고, 다른 이들과 연결되는 기반이 된다.

삶은 때로는 고통스럽고 혼란스럽다. 하지만 그 모든 순간이 자신을 만들어가고 있다는 것을 깨우쳐야 한다. 니체가 말한 '아모르 파티'처럼, 자신의 모든 것을 사랑해야 한다. 그것이 자기 사랑의 시작이다.

마음을 이해하고 자기를 사랑하는 길은 쉽지 않다.

그것은 평생에 걸친 과업일 것이다.

하지만 그 여정 자체가 삶의 의미이며 목적일 수 있다. 자신만의 '인사이드 아웃'을 이해하고 사랑할 때, 진정한 행복을 찾을 수 있을 것이다.

아모르 파티의 정신은 현재에 충실할 것을 가르친다. 과거에 대한 후회나 미래에 대한 불안에 사로잡히지 않고, 지금 이 순간을 온전히 살아가는 것이 중요하다고.

니체는 '디오니소스적' 삶의 태도를 강조한다. 디오니소스는 그리스 신화의 술과 축제의 신으로, 이를 통해 삶의 열정과 창조성 그리고 파괴적 에너지까지도 긍정하는 태도를 표현했다. 아폴론적인 질서와 균형에 대비되는 개념으로, 이 두 가지 요소의 균형이 필요하다고 보았다.

니체는 이렇게 말한다. "당신의 삶을 사랑하라. 그리고 그 사랑으로 당신만의 의미를 창조하라." 이것이 바로 아모르 파티의 정신이며 니체가 남긴 위대한 유산이다. 이 사상은 삶의 순간을 소중히 여기고 궁극적으로는 자신과 화해하게 해준다.

니체는 도전을 제시한다. 그것은 쉽지 않은 길이지만 그 길을 걸어갈 때 더 풍요로운 삶을 살 수 있다. 아모르 파티는 삶의 지침이 되는 철학적 개념이다. 그것은 삶을 열정적으로 포용하고, 그 안에서 아름다움과 의미를 발견할 수 있게 해준다.

우리는 이 광대한 우주의 유일한 존재라는 점을 기억해야 한다. 자신이 어떠하든 깊이 사랑해야 한다. 아무런 제약이나 조건은 없다. 오직 삶을 긍정하고 사랑하는 일, 그것이 이 우주에서 가장 아름다운 일일 것이다.

이 말은 우주의 심장에서 울려 퍼지는 진리처럼 들린다. 우리는 이 무한한 우주 속에서 유일무이한 존재다. 수많은 별들과 은하들 사이에서, 단 하나뿐인 특별한 생명체다. 자신을 사랑하지 않는다는 것은 우주의 기적을 부정하는 것과 다름없다.

아모르 파티는 바로 이런 심오한 자기 긍정에서 시작한다. 우리의 삶, 우리의 존재 자체가 이미 충분히 아름답고 가치 있다는 깨달음. 자기 만족이나 도취를 뜻하지 않는다. 오히려 존재의 깊은 본질을 인식하고, 그것을 온전히 받아들이는 것이다.

우리는 다른 이들과 비교하며 자신의 가치를 깎아내린다. 하지만 우주의 관점에서 볼 때 얼마나 무의미한 일인가. 각자가 가진 고유한 경험, 생각, 감정들은 그 자체로 귀중하다. 우리는 단지 존재한다는 이유만으로도 사랑받을 자격이 있다. 당신을 사랑하는 사람에게 물어보라. 그 사람은 분명, 당신의 존재 자체가 빛이라고 말할 것이다. 내면 아이도 같은 대답을 해줄 것이다.

자신을 사랑한다는 것은 자기의 한계를 인정하고 받아들이는 것을 말한다. 우리는 완벽할 수 없다. 실수하고, 때로는 잘못된 선택을 하기도 한다. 하지만 그런 불완전함까지도 나를 인간답게 만드는 요소다. 이를 받아들이고 사랑할 때 자유를 경험할 수 있다.

자신을 사랑하고 삶을 긍정하는 것은 위대한 행위다. 그것은 우리를 자유롭게 하고, 잠재력을 최대한 발휘할 수 있

게 해준다. 그리고 그 길에서 아름다운 예술 작품, 바로 자
신의 삶을 창조해나가게 된다.

아모르 파티. 운명을 사랑하자. 존재를 사랑하자. 그리고
그 사랑으로 이 우주에서 가장 아름다운 춤을 추자. 그것이
우리가 이 우주에 존재하는 이유일지도 모른다.

나 인사이드 아웃 보고 울었잖아

초판1쇄 2024년 10월 31일 **지은이** 이지상 **펴낸곳** 북서퍼 **편집** 이지현 이루희 **전화번호** 010-2844-0305 **팩스번호** 0504-261-0305 **이메일** booksurfer3@naver.com
출판등록 제469-2023-000005호
홈페이지 instagram.com/booksurfer3 | blog.naver.com/booksurfer3

ISBN 979-11-983081-9-1(03800)
ⓒ이지상 2024

*책값은 뒤표지에 있습니다.

이 도서의 국립중앙도서관 출판예정도서목록(CIP)은 서지정보유통지원시스템 홈페이지와 국가자료공동목록시스템에서 이용하실 수 있습니다.

이 책은 저작권법에 따라 보호받는 저작물이므로 무단 전재와 복제를 금합니다.
이 책 내용의 전부 또는 일부를 이용하려면 반드시 저작권자와 출판사의 서면 동의를 받아야 합니다.